I0691095

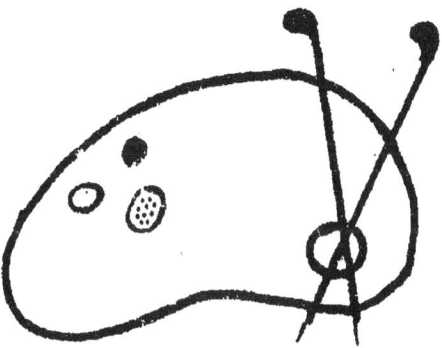

Couvertures supérieure et inférieure
en couleur

COUVERTURES SUPERIEURE ET INFERIEURE D'IMPRIMEUR.

uctures et voyages

Autour

du Lac Tchad

Em. II

Rollez

AUTOUR
DU LAC TCHAD

II

8°T²
17478

LISTE DES VOLUMES

Composant la Collection.

CHAQUE VOLUME BROCHÉ : **75** CENTIMES

FRANCO PAR POSTE : **1** FRANC

LECTURES POUR TOUS

AVENTURES ET VOYAGES

AUTOUR

DU

LAC TCHAD

PAR

Mᵐᵉ MARIA DE GROOTE

TOME DEUXIÈME

PARIS

L. BOULANGER, ÉDITEUR

90, boulevard Montparnasse, 90

AUTOUR DU LAC TCHAD

CHAPITRE VII

SUITE DU VOYAGE DU MAJOR DENHAM. — EXCURSION AU MONGA ET AU GAMBAROU

Depuis mon retour du Mandara, il était toujours question de l'expédition que le cheik en personne devait entreprendre contre le Monga, pays situé à l'ouest. Récemment ses habitants avaient mis à mort une centaine des Chouâa du cheik en déclarant qu'ils ne voulaient plus obéir parce que le sultan du Bornou était leur roi. Ils pouvaient mettre 12,000 hommes en campagne, ce qui est l'armée la plus forte que l'on puisse trouver dans la contrée des nègres. Pour les combattre, le cheik rassembla ses lanciers kanembous, au nombre d'à peu près 9,000. Ces lanciers et environ 5,000 Chouâa et Bornouens composaient l'armée qu'il comptait employer pour réduire les Mongowi. Un autre grief contre ce peuple, c'est qu'il était Kaffir et ne récitait pas la prière, « les chiens ». Mais c'est un délit qui s'impute toujours à toute nation à laquelle un vrai musulman fait la guerre, parce qu'il l'autorise à la réduire en esclavage. La loi de Mahomet défend à un croyant d'en lier un autre.

Le rhadaman est le temps que l'on choisit pour ces expéditions. Il avait commencé le 13 mai ; le cheik partit le 18 pour le Dowergou, étang à 6 milles de Kouka, ses femmes, ses tentes et son bagage l'avaient précédé le matin.

Je me joignis au docteur Oudney pour accompagner le cheik hors des murs ; il nous laissa un de ces principaux esclaves, Omar-Gana, pour nous conduire à Birnie que nous désirions visiter ; nous devions aller ensuite à Kabchary, sur le Gambarou, et y attendre son arrivée.

Nous partîmes pour Birnie avec cinq chameaux et quatre domestiques. Le pays autour de Kouka est plat et peu intéressant. Nous arrivâmes bientôt au hameau de Lada, à 70 milles de Kouka. Le fleuve est très peu profond. Je sortis en suivant le cours du fleuve pour chasser, mais le terrain était si embarrassé de hautes herbes et de broussailles piquantes que je fus obligé de prendre un sentier plus éloigné. Je me mis à poursuivre des pintades quand j'entendis des cris de femmes et d'enfants qui, ayant jeté à terre leurs cruches pleines d'eau, s'enfuyaient effrayés. Elles nous avaient pris pour des Touariks dont ils craignaient sans cesse les invasions.

Le pays voisin au bord de la rivière est orné de grands tamariniers et d'autres arbres dont le fruit ressemble à une nèfle; il est de couleur verte et agréable au goût. Les singes ou hommes enchantés (Ben adam mechoud), comme les Arabes les appellent, étaient si nombreux que j'en comptai le soir près de cent cinquante réunis en un seul endroit. Ils ne paraissaient nullement disposés à céder la place. Quelques-uns, perchés sur le bord du rivage, faisaient un bruit terrible, et quand nous nous approchions un peu trop, nous jetaient des mottes de terre, mais avec douceur.

A 2 milles de Lada, nous quittâmes les bords de la rivière. Rien de plus sauvage que ce pays; comparé avec les plaines stériles que j'avais récemment parcourues, il paraissait fertile et pittoresque. C'était un bois continuel percé de sentiers étroits et sinueux. Les traces fréquentes de lions, de chacals et d'hyènes donnaient une idée assez exacte de la nature de la population.

Dans la matinée nous avions rencontré une kafila du Soudan composée d'une vingtaine d'hommes qui conduisaient à peu près cent vingt esclaves. Les kafilas, notamment celles qui vont à pied, ne voyagent jamais après la brume. Nos gens furent si effrayés durant la dernière partie de cette journée, qu'en arrivant avec les chameaux ils nous déclarèrent que marcher si tard les exposait à de très grands dangers, car un lion énorme avait traversé la route devant eux à quelques milles du lieu où nous fîmes halte.

Nous continuâmes nos excursions avec le Dr Oudney et Omar-Gana. Ayant suivi pendant 2 milles la route du Soudan, nous arrivâmes sur l'emplacement de l'ancienne capitale; nous avions vu une trentaine de grandes villes que les Felatah avaient entièrement rasées quand ils détruisirent Birnie, dont la population était, dit-on, de 200,000 âmes. Nous aperçûmes le Gambarou qui coulait en décrivant de nombreuses sinuosités. Le cheik tire des mines de Birnie la plus grande partie du nitre employé à faire la poudre à canon.

En arrivant à nos tentes, nous apprîmes des nouvelles fort déplaisantes, Kabchary, où nous devions aller pour y attendre le cheik, avait été attaqué et brûlé en partie par les Mongowy, depuis notre départ de Kouka, et déserté par ses habitants. Tandis que nous discutions sur le parti à prendre dans cette triste conjoncture, deux lanciers kanembous accoururent, l'air consterné, pour nous apprendre que la cavalerie des Mongowy était venue reconnaître tout le pays des environs, avait massacré plusieurs Kanembous qui allaient rejoindre le cheik, et emporté les bouvards, ainsi que tout ce qu'ils portaient sur leur dos. Les retards du cheik à marcher à leur rencontre les avaient rendus audacieux ; leur approche avait fait battre en retraite tous les Chouâa que nous avions laissés à Moggaby. Ainsi, nous étions laissés absolument seuls, et, suivant les apparences, nous devions nous attendre à chaque minute à être cernés, faits prisonniers, et, le fer au cou, menés à Monga.

Omar-Gana voulait aller s'assurer si les Chouâa avaient réellement quitté Moggaby ; mais sachant que le cheik n'y était pas et que tout le monde était allé à Angornou, nous résolûmes de regagner au moins la route de Kouka. Nous étant mis en route, nous passâmes sur la rive droite du fleuve. A chaque pas nous étions embarrassés par les broussailles et les arbres qui bouchaient le chemin. La forêt devint de plus en plus épaisse, on ne distinguait pas le moindre sentier ; notre guide avoua qu'il ignorait absolument où nous étions. Alors, Colombus, mon domestique, étant grimpé au sommet de plusieurs tamariniers, s'imagina qu'il entendait le bruit d'un fusil. Après bien des recherches, nous eûmes la consolation d'apprendre que le cheik n'était qu'à quelques heures de marche, sur la rive droite du Yeou.

Nous parvînmes, après le coucher du soleil, au

camp, sur les bords du Dommasak, étang considérable.

Après avoir traversé les nombreux groupes des lanciers kanembous, qui étaient couchés sans tentes ni couvertures, nous atteignîmes les tentes du cheik et de ses principaux officiers ; il ordonna que les nôtres fussent dressées près de celle de Mady-Gana, intendant de sa maison. On peut difficilement se faire une idée de notre joie en apprenant qu'il était arrivé des paquets d'Angleterre par une kalifa de marchands du Fezzan. Nous avions été privés depuis longtemps du plaisir d'avoir des nouvelles de notre patrie et de nos amis, le plus grand dont nous puissions jouir dans notre position ; d'ailleurs, nous étions entièrement dépourvus de provisions de toutes les sortes ; ces deux motifs nous décidèrent à retourner le lendemain à Kouka. Nous demandâmes que cette résolution fût communiquée au cheik ; mais, par une cause quelconque, il n'en fut rien, et à notre grande surprise, il partit au point du jour. Nous voilà de nouveau seuls, sans guide, sans nulle connaissance des intentions du cheik relativement à ce que nous devions faire. Notre position était réellement pire que la veille, car le nègre du cheik était toujours une sauvegarde, et actuellement nous nous trouvions à la queue d'une armée indisciplinée, au moins à demi sauvage, et nous n'avions pas la moindre idée de la route.

Après trois heures de délibération, ne recevant aucune nouvelle du cheik, nous prîmes le parti d'aller seuls à Kouka. Nous chargeâmes nos armes, puis, guidés par un traînard qui nous assura être bien au fait de la route, nous partîmes. Nous n'avions encore parcouru que quelques centaines de pas que nous vîmes arriver Omar-Gana, monté sur un mauvais cheval. Il avait l'air chagrin; il nous pria de suivre le cheik le plus vite que nous pourrions, ajoutant qu'il lui avait demandé où nous étions. Lorsqu'il apprit qu'Omar-Gana nous avait quittés, il entra dans une violente colère, le renversa de son cheval, qu'il ordonna de lui ôter, et lui enjoignit de retourner sur ses pas et de nous ramener sans délai.

Il ne nous restait qu'à obéir : c'est pourquoi, faisant faire volte-face à nos chameaux nous voyageâmes pendant quatre heures à la chaleur du jour, et nous revînmes au lac de Moggaby, d'où nous étions partis trois jours auparavant. Plusieurs parties de la route étaient très pittoresques. La beauté de cet aspect était augmentée par les groupes de guerriers nus, avec leurs boucliers, qui se reposaient sur différents points des bords du lac, pendant que des centaines d'autres étaient dans l'eau, occupés à percer de leurs lances les poissons, qu'ils posaient sur le rivage avec une dextérité surprenante. Les soldats sur la plage allumaient du feu, et des rangées de cinquante à cent poissons furent rôties ou grillées en un instant.

Le Moggaby présentait en ce moment un spectacle singulier. Les bords et les endroits moins profonds étaient couverts de chevaux qui pâturaient et d'hommes qui se baignaient; au milieu, les hippopotames montraient constamment leur mufle noir et faisaient jaillir de l'eau. La partie du sud-ouest de la forêt avait pris feu; les flammes, qui s'élevaient jusque dans les nues, répandaient sur tous les environs une clarté effrayante.

Nous commençâmes notre marche avec l'armée bornouenne, qui observe bien peu d'ordre avant d'approcher de l'ennemi. Le cheik marche en tête; il est suivi du sultan du Bornou, qui dans ces occasions l'accompagne toujours, mais qui ne combat jamais. Le cheik est précédé de cinq drapeaux : deux verts, deux rayés, un rouge avec des passages du Koran écrits en lettres d'or; il était entouré d'une centaine de ses chefs, et de ses esclaves favoris. Un nègre qui a toute sa confiance est à cheval derrière lui, portant son bouclier, sa cotte de mailles, son casque d'acier et ses autres armes. Un autre, monté sur un maherhie agile, et coiffé d'un chapeau de paille avec des plumes d'autruche, porte son tambour, qui est la chose dont la perte dans un combat est regrettée comme la plus malheureuse et la plus honteuse. Dans l'expédition qui coûta la vie à Denhamah, dernier sultan du Bornou, on supposa que le cheik et le tambour avaient péri dans une charge soudaine des Begharmiens ; presque tous ceux qui l'entouraient souffrirent beaucoup. Après les maherhies viennent les eunuques et les harems. Le cheik n'emmène que trois femmes qui montent à califourchon de petits chevaux conduits chacun par un très jeune esclave ou un eunuque; la tête et le visage de ces femmes sont complètement enveloppés de burnous de soie brune.

Le sultan a une suite cinq fois plus nombreuse et neuf femmes. Il est aussi accompagné d'hommes portant des frumfrum (trompettes) de bois creux, longues d'une douzaine de pieds; ils ne cessent pas d'en sonner.

Le keigumba, ou porte-étendard, marche devant le sultan, il porte une longue perche, dont le bout supérieur est entouré de bandes de cuir et de soie, de différentes couleurs. A chaque côté du sultan, marche un mistroumba-dondelmah, portant une très longue lance, avec laquelle il est censé défendre le sultan dans la mêlée, car ce dernier compromettrait sa dignité en se défendant lui-même.

La ville de Kabchary, où nous fimes halte, avait été presque entièrement détruite par les Mongowis. La coutume du pays est de mettre le feu à une ville dès qu'on l'attaque; comme elle ne renferme que des cabanes en paille, tout est bientôt dévoré par les flammes.

Les malheureux habitants s'empressent de fuir et tombent entre les mains de leurs ennemis; en un instant les hommes sont massacrés, les femmes et les enfants liés ensemble et réduits en esclavage.

Khamadan, esclave du Soudan et un des chefs du cheikh, était posté à Cabchary depuis une quinzaine de jours. Sous sa protection, les habitants qui avaient survécu à l'attaque étaient revenus et rebâtissaient déjà leurs maisons. Ces infortunés songent rarement à défendre leurs demeures, ils les abandonnent, ce qui leur donne le temps de s'échapper, si l'attaque n'a pas lieu pendant la nuit et si l'incendie ne s'étend pas trop vite.

Les Kabchariens, qui redoutaient depuis longtemps la venue des Mongowis, s'étaient, à l'approche de ceux-ci, retirés pour la plupart au nord-ouest, sur les bords du fleuve qui sont très hauts ; ils s'y étaient fortifiés en creusant des blokhaus et croisant des pieux pointus dans des tranchées, ce qui rendait leur retraite inaccessible.

1er juin. — Au lever du soleil, le cheik, à cheval, inspectait l'infanterie kanembouse, sa troupe favorite, à Cornamori; quatre sultans qui sous ses ordres accompagnaient l'expédition, le suivaient ; la cavalerie arabe et bornouenne était formée en cercle. Les principaux esclaves et généraux du cheik, vêtus de leurs burnous écarlates galonnés en or, étaient dispersés de différents côtés et suivis de leurs gens.

Le cheik monté sur un beau cheval bai mandaran, se place au nord du cercle, les Kanembous étaient rangés à l'autre extrémité en colonnes serrées, au nombre de 9,000 hommes. Au signal qu'on leur fit d'avancer, ils poussèrent un cri, le plus aigu que j'aie jamais entendu, puis marchèrent en avant par tribus de 800 à 1,000 hommes chacune. Pour tout vêtement, ils n'avaient qu'un ceinturon de peau de chèvre et de mouton, avec le poil en dehors, autour des reins, et quelques gobkas ou lanières étroites de drap, passées autour de la tête et ramenées sous le nez. Leurs armes sont une lance et un bouclier, ou un poignard renversé sur le bras gauche, la pointe en haut, et fixé par un anneau entourant le poignet. Les boucliers sont en bois de fogo, arbre qui croît dans les eaux basses du grand lac; ils sont si légers, qu'ils ne pèsent que quelques livres; ces boucliers ont quelquefois la forme d'une fenêtre gothique et sont légèrement convexes. Protégés par cette arme, les Kanembous attaquent avec beaucoup d'ordre et à pas lents, les archers. Leurs chefs sont à cheval, et n'ont d'autre marque distinctive qu'un tobé et un turban bleu foncé.

En approchant du cheik, ils accélérèrent le pas, frappèrent durant quelques secondes leurs boucliers et leurs lances, ce qui produisit un bruit très bruyant et imposant, puis marchèrent en file hors du cercle, où ils se formèrent de nouveau en attendant leurs compagnons qui exécutaient la même manœuvre. Le cheik et ses troupes semblaient se porter une affection mutuelle.

Il lançait son cheval au milieu de quelques tribus quand elles marchaient à lui, et leur parlait, pendant que les hommes empressés baisaient ses pieds et ses étriers. J'avoue que je fus un peu contrarié de ne pas voir ces troupes combattre; mais je me consolai bien vite en pensant aux scènes de carnage qu'il avait prévenues.

Cette inspection finie, le cheik me demanda ce que je pensais des Kanembous. Je lui témoignai ma satisfaction de leur bon ordre et de leur excellente tenue. Il sourit quand je lui assurai qu'avec de telles troupes il ne devait pas beaucoup redouter les attaques des Arabes et des Fezzaniens.

Khamadan me raconta que depuis qu'il était posté à Kabchary, les Mongowis étaient revenus attaquer cette ville. Une fois les Mongowis, au nombre d'environ 900, parurent au point du jour pour essayer la force des ennemis. Khamadan réussit à les repousser, non sans perdre du monde, puis, ayant eu recours à une ruse de guerre, il feignit d'abandonner la chasse, et se retira; mais, vers le soir, il se porta le long de la rivière, vers un lieu où il supposait que les Mongowis se seraient arrêtés pour se reposer et faire boire leurs chevaux, il les y surprit, et en tua près de 400.

Un détachement de cavalerie commandé par Rhamadam et Daynoud (David), partit au point du jour pour aller en reconnaissance. Vers trois heures, ils revinrent amenant à peu près 800 prisonniers, tant femmes qu'enfants des deux sexes. Un Chouâa que je connaissais conduisait une pauvre femme avec quatre enfants, deux dans ses bras et les deux autres sur le cheval de son mari qui avait été tué en défendant ce qu'il avait de plus cher au monde. Les infortunés prisonniers, amenés à la tente du cheik, poussèrent les cris les plus lamentables. Il jeta un regard sur eux et ordonna qu'ils fussent relâchés.

Nous avons rencontré en marchant au sud un joli lac entouré d'une forêt épaisse et la ville de Bassecour. On passa le lac et on vit Caroum et Batily, autre ville bien peuplée, puis plusieurs autres encore. Je ne revins qu'après le coucher du soleil. Les Kanembous sont toujours de service du côté le plus près de l'ennemi. Les hommes se couchent à l'abri de leurs boucliers, qui les préservent du vent, de la pluie et des flèches de leurs ennemis. Un ou deux hommes sont toujours aux aguets.

Plusieurs centaines de Mongowis arrivent; ils s'inclinent jusqu'à terre et jettent du sable sur leur tête en signe de soumission. A minuit, tout était prêt pour marcher vers la capitale. On laissait où l'on campait les femmes, les chameaux et le bagage. Des Mongowis firent annoncer que si le cheik ne bougeait pas de place, ils viendraient se rendre à lui.

Plusieurs villes ont envoyé leurs chefs. Ceux-ci apportaient des offrandes de paix, et le cheik jurait de ne plus les inquiéter. Mais Malem-Fanaamy, fighi très habile, moteur principal de la rébellion, refusa de venir, parce qu'il craignait de perdre la tête, et offrit en même temps 2,000 esclaves, 1,000 bouvards, 300 chevaux, pour prix de la paix. Son offre fut refusée, le cheik voulant, non sa mort ni sa dépouille, mais sa soumission. Le soir, il fut décidé qu'on lancerait deux fusées. Fort heureusement elles réussirent, et ce fut un très beau coup d'œil, car la nuit était très noire. Leur ascension causa une surprise inexprimable. Des députés des villes de l'ouest tombèrent le visage en terre et commencèrent à réciter leurs prières quand les fusées éclatèrent en descendant. Le lendemain Malem-Fanaamy parut. Son peuple commençait à murmurer hautement. Il arriva monté sur un cheval blanc; mille hommes au moins le suivaient; il mit pied à terre à l'entrée de la tente du cheik, s'humilia dans la poussière et allait jeter du sable sur sa tête; le cheik ordonna de l'en empêcher et de le lui amener; le fighi s'attendait à entendre donner l'ordre de lui couper le cou. Le cheik, satisfait de sa soumission, le revêtit de huit beaux tobés et le coiffa d'un turban aussi ample que six d'Égypte.

Le rhamadan était fini; la nouvelle lune fut annoncée par de grands cris, des décharges de mousqueterie et notre dernière fusée. Au lever du soleil, toutes les troupes furent sous les armes. Le cheik et les chefs, tous à cheval et revêtus de leurs plus beaux bornouses, firent le tour du camp, puis allèrent prier à une certaine distance.

Le soir, nous rendîmes visite au cheik pour le féliciter de ce que le rhamadan était passé. Il nous adressa beaucoup de questions. « Pourquoi, me dit-il, n'as-tu pas apporté une grande quantité de fusées? C'est la chose la plus étonnante que j'aie jamais vue. »

Les Kalifas ne peuvent entrer dans Kouka durant l'absence du cheik, et les marchands ne peuvent rien vendre avant qu'il leur en ait accordé la permission. Conformément à cette règle, il y en eut une de dix marchands venant du Soudan qui reçut l'ordre de camper à une certaine distance de nous et d'attendre les mouvements de l'armée. Ils avaient près d'une centaine d'esclaves; c'étaient pour la plupart des femmes et des filles de 12 à 18 ans, d'une couleur cuivrée foncée et très bien faites; très peu étaient enchaînées; les hommes, presque tous jeunes, étaient attachés deux à deux par des anneaux de fer aux jambes : cependant ils riaient et paraissaient être en bon état. Si les centaines et même les milliers de squelettes qui blanchissent dans le désert, entre le Bornou et Mourzouk, n'équivalaient pas à un discours qui ferait frissonner, la différence entre les esclaves qui demeurent à Kouka et 'état dans lequel ils arrivent ordinairement au Fezzan suffirait pour prouver l'excès de leurs souffrances, qui commencent aussitôt qu'ils ont quitté le pays des nègres.

Il s'est passé ces jours-ci un événement qui a causé une grande sensation parmi les chefs ; il a prouvé que le pouvoir absolu était chez le cheik accompagné d'un cœur rempli de clémence et de modératiou. Barca-Gana, ce général objet de ses affections, gouverneur de six territoires, l'homme qu'il se plaisait à honorer, qui avait plus de 50 femmes esclaves et 100 esclaves du sexe masculin, reçut une leçon d'humilité que je ressentis vivement pour lui. Le cheik, en faisant des présents aux chefs, avait envoyé par inadvertance, à Barca-Gana, un cheval qu'il avait promis à un autre. Barca-Gana, invité à le rendre, fut si choqué, qu'il renvoya tous les chevaux que le cheik lui avait donnés auparavant, disant qu'à l'avenir il monterait son propre cheval ou bien irait à pied. Le cheik l'envoya chercher, le fit déshabiller en sa présence, lui fit ceindre les reins d'une ceinture de cuir, lui reprocha son ingratitude et ordonna qu'il fût vendu sur-le-champ à des marchands tibbous, puisqu'il était encore esclave. Ainsi disgracié et humilié, Barca-Gana tombe à genoux et reconnaît qu'il est puni justement; il n'implore pas le pardon pour lui, il supplie qu'il soit pourvu au sort de sa femme et de ses enfants avec la richesse qu'il tenait de la bonté de son maître. Le lendemain, quand tout fut préparé pour l'exécution de cette sentence, les Kaganawha (mamelouks noirs) et les chefs chouâa qui entouraient le cheik tombèrent à ses pieds, et malgré l'arrogance de Barca-Gana envers eux, ils sollicitèrent tous son pardon et sa réintégration dans la faveur du cheik. Le coupable ayant paru dans ce moment pour prendre congé, le cheik se jeta en arrière sur son tapis, pleura comme un enfant et permit à Barca-Gana, qui s'était approché, d'embrasser ses genoux: il les appela tous ses fils et pardonna à son esclave repentant.

Le soir, il y eut de grandes réjouissances qui furent générales : les tambours battirent; les Kanembous poussèrent des cris et frappèrent sur leurs boucliers; tout annonçait la joie : Barca-Gana, vêtu de tobés neufs et d'un riche bornouse, fit le tour du camp, à cheval, et suivi de tous les chefs de l'armée.

On commença à retourner à Kouka, après une expédition qui avait été très intéressante pour moi. Le cheik avait menacé d'exterminer le Monga; mais rien n'aurait pu être plus préjudiciable à ses intérêts que de mettre un tel projet à exécution. Les Mongowis sont puissants; ils peuvent mettre 12,000 hommes en campagne; leurs flèches sont plus longues que celles des Felatah, et enduites d'un poison bien plus actif que celles de ce peuple. Cette considération et celle de la force numérique contre laquelle il aurait à combattre déterminèrent sa conduite.

On est retourné à Kabchary; le cheik donna une somme d'argent pour la construction de cette ville et exempta les habitants du tribut pour une saison, ce qui causa une joie générale. Les Chouâa Alowany y sont très nombreux. Le soir, nous reçûmes la visite de femmes qui étaient réellement belles, malgré une sorte de légère teinte cuivrée; elles sont appelées blanches, par conséquent on n'en fait pas grand cas dans ce pays, les noires, et les noires seules, étant recherchées.

On continua la marche et on campa de nouveau sur les bords du Moggaby. Les forêts sont remplies de troupeaux d'animaux sauvages nommés koroukou, et qui tiennent le milieu entre le bœuf et l'antilope.

On avait eu le projet d'aller ce soir à la chasse aux hippopotames; mais un violent orage, accompagné de tonnerre, nous empêcha de voir cet exercice nouveau pour nous. Le lendemain matin, nous eûmes la preuve que cet animal lourd et monstrueux n'est pas insensible aux sons de la musique. Pendant qu'au lever du soleil nous marchions le long des rives du Moggaby, les hippopotames suivirent à la nage les tambours des différents chefs : je comptai en une fois quinze de ces gros animaux jouant à la surface de l'eau. Columbus, mon domestique, en atteignit, d'un coup de fusil à la tête, un qui en plongeant jeta un cri si fort que tous les autres disparurent en un instant.

On fit halte à Dommasak, où l'on s'arrêta jusqu'au lendemain après-midi. L'armée se sépara : les Chouâa et les Kanembous retournèrent chacun chez eux.

Quand on partit, le cheik nous envoya dire de nous trouver près de lui. Accompagné de presque tous les habitants de Kouka restés dans la ville, qui étaient venus jusqu'à Dommasak, pour le féliciter sur son heureux retour, il rentra dans sa capitale au milieu des cris de joie de la population.

La Kafila qui, durant cette expédition, arrivait du Soudan, amena Abdoul-Gassam-ben-Maleky, jeune fighi de Tombouctou et fils d'un chef felatah. Il allait en pèlerinage à la Mecque et, suivant l'usage, était parti sans autre vêtement que la chemise. C'était un beau jeune homme de seize ans, d'une couleur cuivrée foncée.

Sa physionomie était agréable. Il avait quitté

D'Jennie depuis cinq mois et était épuisé par la fatigue et le manque de nourriture suffisante.

Nous marchions contre les Mongowis, quand Abdoul-Gassam arriva. Il savait bien peu de chose de la route par laquelle il était venu à Hano, il ignorait même le nom des lieux où il avait fait halte. Il nous disait qu'il croyait difficilement que des braves gens comme nous ne fussent pas musulmans, ajoutant que cependant il avait déjà entendu parler des chrétiens. Lui ayant demandé comment, voici ce qu'il raconta : « Il y a plusieurs années, avant que je fusse né, des hommes blancs, des chrétiens, arrivèrent de Sego à D'Jennie dans un grand bateau, ainsi que deux des nôtres. Les habitants du pays allèrent à eux dans leurs pirogues : les chrétiens, effrayés, tirèrent des coups de fusil et tuèrent plusieurs hommes. Ils allèrent à Tombouctou. Leur apparition avait causé une grande sensation dans le peuple. Le sultan fut très bon pour eux. » Abdoul-Gassam avait souvent entendu parler des chrétiens et de leur bateau, pendant des journées entières, chez son père. Ils avaient des canons fixés de chaque côté de leur bateau, ce qui ne s'était jamais vu à Tombouctou et qui alarma beaucoup les habitants.

Abdoul-Gassam était une sorte de prodige, il savait tout le Koran par cœur. Je lui demandai plusieurs fois ce que l'on nous ferait si nous allions à Tombouctou.

« Mais ce que vous faites à mon égard, répondit-il, on vous nourrirait. »

Au mois d'août, il partit de Kouka pour le Ouadey, en compagnie d'un vieux fighi; il n'avait d'autre bagage qu'un petit sac de cuir, contenant du grain torréfié et une bouteille pour l'eau. Je lui donnai une piastre pour payer la traversée de la mer Rouge; il eut le soin de la coudre dans sa peau de mouton. Un Chouâa du Ouadey m'apprit, quelque temps après, que ce jeune homme s'était noyé en traversant un des affluents du Tchad. Si les habitants de ces pays se sont doutés qu'il avait une piastre, il est très vraisemblable qu'ils auront tué cet infortuné pour la lui ravir.

VIII

SUITE DU VOYAGE DU MAJOR DENHAM. — SAISON PLUVIEUSE A KOUKA

J'étudiais sans relâche l'arabe et le bornouen, deux ou trois fois la semaine je rendais visite à Barca-Gana. Hier au soir un homme apporta un gros oiseau appelé oubara. Il y en a dans les environs de Tripoli une petite espèce que les fils du pacha prennent tous les jours avec leurs faucons. Celle de Kouka est très grande et pesait 12 livres. Ces oiseaux sont renommés par l'éclat de leurs grands yeux qui l'emportent sur ceux de la gazelle : la chair de l'oubara ressemble beaucoup, pour le goût, à celle du faisan.

Dans ces climats ardents, tout ce qui concerne les affaires ou les plaisirs est terminé avant que la plupart des habitants de l'Angleterre se soient arrachés au sommeil. Ce matin je suis sorti au point du jour, pour voir la cérémonie d'un mariage bornouen. La femme était d'Angornou ; les amis du prétendu, au nombre d'une trentaine, tous à cheval, et vêtus de leurs plus beau tobés, allèrent à sa rencontre. Elle montait un bouvard, dont le dos était couvert de torkadis bleus et blancs ; quatre femmes esclaves, portant des paniers, des gamelles et des pots de terre, la suivaient, deux autres bouvards étaient chargés du reste de la dot, consistant en une certaine quantité de torkadies et de tobés. La mère de la prétendue et six jeunes filles l'accompagnaient. Nous nous avançâmes plusieurs fois vers elles en galopant, ce qui est la manière de saluer.

Les femmes se couvrent la figure, et expriment leur reconnaissance par des cris. Les hommes font tourner leurs chevaux avec promptitude et retournent les yeux baissés ; car les jeter sur la mariée passe pour très malhonnête. Ensuite elle va, avec sa mère, au logis de son prétendu, et y reste enfermée jusqu'au soir: alors elle est remise à son seigneur, justement impatient ; il est obligé de se promener toute la journée dans les rues, suivi d'une grande foule, ou de rester chez lui, assis sur un siège très élevé, et paré de tous les beaux habits qu'il a pu emprunter ou acheter, pendant que le peuple fait retentir l'air des sons des cors et des tambours et des cris: « Puisses-tu trouver à vivre à jamais ! Que Dieu te comble de prospérité ! qu'il t'accorde des cheveux blancs ! » Il ne répond rien à tout cela, et a l'air plus sot qu'il n'est possible de le supposer dans une situation aussi désirable que celle d'un nouveau marié.

Le cheik nous a envoyé dire ce matin que, comme nous avions parlé hier de l'état de nos fonds, il nous fournirait sur-le-champ tout l'argent dont nous aurions besoin; que tant que nous serions sous sa protection, nous ne manquerions de rien. Il est impossible de décrire la bonté extrême du cheik envers nous, dans toutes les occasions; cette dernière preuve de sa libéralité envers de pauvres voyageurs surpasse tout ce que nous aurions pu attendre. Ne sachant qui nous étions que par l'intermédiaire du pacha de Tripoli, sa conduite désintéressée ne pouvait être dictée que par une généreuse confiance. Sa pénétration et sa sagacité l'avaient convaincu depuis longtemps de l'entière innocence de nos intentions en visitant son pays, malgré les rapports contraires et défavorables qui avaient été faits à ses sujets par la mauvaise volonté ou l'ignorance de quelques marchands fezzaniens. En un mot sa manière d'agir tendait à nous convaincre que l'aide qu'il nous accordait, et la confiance qu'il avait en nous, venaient plus de l'opinion qu'il s'était faite de la grandeur et de la munificence de la nation anglaise, que d'aucun espoir de récompense ou de remboursement de la part de son allié le pacha.

Ces considérations étaient nécessaires pour me faire

supporter ce que notre position avait de décourageant.

La continuité de la maladie du docteur Oudney, qui, depuis notre retour du Monga, avait été enfermé dans sa case; les fréquentes attaques de fièvre et de délire d'Hilmann, et l'incertitude sur la manière dont nous obtiendrions des secours qui nous mettraient en état de continuer notre voyage ou de retourner, n'étaient pas propres à relever notre courage.

Les pluies fréquentes et très abondantes avaient restreint nos courses pour nous procurer du gibier, au voisinage immédiat de la ville. Déjà les éléphants avaient été aperçus à Dowergou, qui est à peine à 6 milles de Kouka; une femme esclave qui revenait de sarcler le grain à Kowa, qui n'est pas à plus de 10 milles de la capitale, avait été emportée par une lionne; les hyènes, qui partout vivent en troupes, étaient devenues si rapaces qu'un village où je buvais quelquefois du lait aigre avait été attaqué la veille de ma dernière visite et emporté d'assaut malgré des défenses hautes de six pieds, faites avec les branches épineuses du telloh; deux chèvres, dont ces bêtes féroces aiment beaucoup la chair, avaient été enlevées malgré tous les efforts des habitants. Toutes les nuits on entendait hurler les hyènes le long des murs de Kouka; si par malheur on ne fermait pas soigneusement une de ses portes, elles entraient et emmenaient les pauvres animaux qu'elles trouvaient dans les rues.

Il y a ici une classe particulière de femmes esclaves chargées de veiller les champs de grains et d'y travailler ; ce sont surtout celles du Mosgô ; les marchands de Tripoli et du Fezzan ne les achètent jamais à cause de leur laideur, parce qu'ils ne pourraient pas les vendre. Elles ont de gros vilains traits et de plus sont très défigurées par le clou d'argent qu'elles portent à la lèvre inférieure ; d'ailleurs on leur ôte deux dents incisives pour faire place au morceau de métal qui pénètre tout à fait dans leur bouche, et au bout d'un an ou deux le poids du métal fait tomber entièrement la lèvre sur le menton, de sorte que leur figure est horrible. Ces pauvres créatures, qui sont robustes et patientes, gardent les récoltes et font la moisson ; il se passe rarement une année sans qu'il y en ait plusieurs dévorées par les lions qui, se cachant dans les blés mûrs, fondent sur elles et les emportent.

Les dernières nouvelles du Ouadey, qui était le pays par lequel j'avais toujours espéré prendre ma route au moins jusqu'à une certaine distance, n'avaient rien d'encourageant pour mes projets. Les contestations entre cette contrée et le cheik pour la possession et le gouvernement du Kanem, étaient depuis deux ans devenues très violentes, elles avaient dégénéré en hostilités ouvertes. Depuis cinq ans aucune kafila n'avait fait le voyage entre le Bornou et le Ouadey; la seule personne qui, depuis notre arrivée, fût allée de Kouka à Ouadey, était le jeune fighi de Timbouctou dont j'ai parlé précédemment.

Peu de temps après j'offris à deux Arabes de leur donner 200 piastres s'ils voulaient m'accompagner au Ouadey; bien que ce soit une somme pour laquelle un Arabe oserait tout, ils refusèrent ma proposition en disant : « Non, non! qu'est-ce que l'argent sans vie? les habitants du Ouaday nous tueraient tous. » Quelle joie quand Karouche est venu m'annoncer qu'une petite kafila de Mourzouk était arrivée à Woudie, qu'il s'y trouvait un Anglais. Le lendemain fut pour moi un jour de grande impatience : je goûtais le plaisir inexprimable de voir entrer chez moi un Anglais, M. Toole, enseigne dans le 80e régiment. Il avait effectué le long, difficile et dangereux voyage de Tripoli à Kouka en trois mois et quatorze jours.

L'arrivée de M. Toole et les secours qu'il m'apportait faisaient prendre une tournure très agréable à ma position à Kouka. J'avais de l'argent, un compagnon aimable et la santé. Une attaque contre l'ennemi pouvait entraîner une poursuite, ce qui nous procurerait peut-être les moyens de sortir des Etats du cheik. Je m'étais bien promis de ne pas négliger l'occasion, et dès qu'elle se présenterait, de m'échapper d'un côté ou d'un autre.

Je résolus de ne pas tarder à demander la permission de visiter le Loggoum, pays si intéressant tant par sa situation que par les eaux qui lui servaient, disait-on, de limites. Le cheik consentit sur-le-champ à ma demande d'aller dans le Loggoum et m'envoya Karouache pour m'accompagner. Je ne pus partir que le 23 après midi. Le cheik m'avait fait accompagner de Bellal. « Il t'obéira en tout, me dit-il, mais tu vas parmi des gens chez lesquels je n'ai pas beaucoup d'autorité. » Bellal était un des plus beaux nègres que j'aie vus, il avait une suite de six esclaves; nous partîmes donc, M. Toole et moi, en toute sécurité.

IX

SUITE DU VOYAGE DU MAJOR DENHAM. — EXCURSION EN LOGGOUM. — MORT DE M. TOOLE

Nous passâmes la nuit du 24 janvier 1824 à Angornou, ensuite, marchant pendant deux jours, nous arrivâmes à Angala, un des anciens gouvernements sujets au Bornou. Le sultan actuel avait été le premier ami et le premier soutien du cheik El-Kanêmi. Vingt-cinq ans auparavant, il lui avait donné en mariage sa fille Miram, avec une dot considérable en esclaves et en bétail. Ce sultan nous accueillit de la manière la plus affectueuse.

Miram (princesse en bornouen), aujourd'hui femme divorcée du cheik El-Kanêmi, demeurait à Angala; je lui demandai la permission de lui rendre visite. Son père lui avait fait construire une très belle maison, elle avait plus de 60 personnes attachées à son service. C'était une négresse grande et bien faite, âgée d'environ 35 ans; elle avait beaucoup de cette douceur de manières qui prévient si favorablement dans la personne du cheik. Assise sur un trône en terre couvert d'un tapis de Turquie, et entourée de 20 de ses esclaves favorites toutes vêtues uniformément en fines chemises blanches qui leur descendaient jusqu'aux talons, et le cou, les oreilles et le nez ornés avec profusion de grains de corail, elle nous donna audience avec beaucoup de grâce. 4 eunuques gardaient la porte. Un nègre nain habillé de riches tobés du Soudan était à ses pieds, portant sur son épaule un paquet de clés, marque de son office. Ce petit personnage, dont la taille était de trois pieds moins un pouce, nous fournit un sujet de conversation fort gai. Miram me demanda si nous avions de ces petits êtres dans notre pays : sur ma réponse affirmative, elle s'écria : « O Ghieb! à quoi sont-ils bons? ont-ils jamais des enfants? — Oui, on a des exemples qu'ils ont été pères d'enfants grands et bien faits. — O prodigieux! je le pensais; alors ils valent mieux que ce chien; je lui ai donné huit de mes esclaves les plus jeunes et les plus jolies; peine inutile. Oh! je gratifierais de 100 bouvards et de 20 esclaves la femme qui aurait un enfant avec ce misérable. » Ce misérable, qui était réellement fort laid, secoua sa grosse tête, fit la grimace, et bava abondamment de sa grande bouche, à cette marque flatteuse de l'affection de sa maîtresse.

Le 23, nous étions à Chowy, sur les bords du Chary. La grandeur de ce fleuve nous arracha à tous deux une exclamation de surprise: il nous parut avoir un demi-mille de largeur [1], il coulait au nord avec une vitesse de 2 à 3 milles à l'heure. Chowy fait partie du territoire de Maffatay ; elle est gouvernée par un kaïd, qui nous combla d'attentions. Il nous proposa de descendre le fleuve jusqu'au Tchad.

Le 2 février, nous nous sommes embarqués avec le kaïd sur le Chary : huit canots, montés chacun par dix ou onze hommes, formaient notre suite. Le Chary, dont l'eau dans cette saison est haute, a un aspect très intéressant. Les bords étaient couverts d'arbres touffus, tous entrelacés de plantes grimpantes, dont les fleurs, diversement colorées, répandaient un parfum admirable, et parmi lesquelles on distinguait le liseron pourpre. Des crocodiles dormaient sur ces rives. Les petites îles voisines de la bouche du fleuve renfermaient une quantité prodigieuse d'oiseaux aquatiques ; ils étaient du plus beau plumage et d'espèces variées.

Actuellement nous aurions bien voulu aller d'ici à Loggoum par eau, mais c'était impossible, parce que Golphi se trouvait sur notre chemin.

Depuis plusieurs jours j'observai chez mon jeune compagnon des symptômes qui me causaient de vives inquiétudes, son estomac ne pouvait se faire à notre

1. Plus tard, ayant eu occasion de mesurer le fleuve, j'ai trouvé sa largeur de 1,050 pieds, au-dessous de Chowy.

nourriture grossière, j'espérais qu'un ou deux jours de repos à Kossery lui rendraient la santé et le courage.

Kossery est une ville murée et forte, gouvernée par Zarmôhd, sultan indépendant qui s'est révolté deux fois contre le cheik. Bellal ne fût admis en sa présence qu'après avoir ôté son bonnet rouge et son turban et défait ses sandales; le sultan se contenta de nous regarder à travers un grillage de bambou ; mais il voulut absolument savoir pourquoi, étant assis, je tournais mon visage vers lui. Je répondis naturellement que tourner le dos serait dans mon pays un affront grossier, ce qui le fit rire de tout son cœur.

Le Chary est ici très large, les murs de la ville s'étendent jusque sur les bords, où l'on parvient par deux portes. Mon pauvre ami m'ayant dit qu'il lui était impossible de rester à Kossery, nous en partîmes le lendemain matin pour le Loggoum; mais nous ne pûmes parcourir qu'un petit nombre de milles. Les souffrances de M. Toole étaient extrêmement aiguës. Ce qui ajoutait à notre détresse, c'est que les Arabes Chouâa, qui occupent la frontière du Loggoum, refusèrent de nous laisser passer.

Enfin, le 16, ayant pu avancer, j'allai à cheval vers le Chary, qui est fort large et coule majestueusement le long des murs élevés de Kernok, capitale du Loggoum. Nous entrâmes dans la ville par la porte qui conduit à la principale rue, aussi large que Pall-Mall à Londres et bordée de grandes maisons bâties uniformément. Un grand nombre d'habitants étaient assis, leurs esclaves rangés derrière eux ; c'était pour nous voir passer. A la fin une personne, ayant l'air de conséquence, s'avança vers mon cheval, se ploya presque en double et joignit les mains, premier salut de ce genre dont j'avais été témoin et qui fut répété par ses esclaves, mais ils se courbèrent encore plus bas. Après avoir expliqué qu'il était dépêché par le sultan pour féliciter l'homme blanc sur son arrivée, il marcha en avant de notre troupe et nous conduisit à notre habitation.

Le lendemain matin, le sultan m'envoya chercher pour paraître devant lui : je lui offris mon présent qui consistait en un burnous rouge et une robe de coton rayée, un turban, deux couteaux. Le sultan me dit à voix très basse que j'étais le bienvenu, car au Loggoum parler haut passe pour une telle marque de mauvaise éducation chez les gens comme il faut, qu'on a beaucoup de peine à saisir le son de leur voix.

Le sultan me regarda très minutieusement et m'offrit de jolies femmes esclaves. Je le remerciai en lui assurant que ce n'était pas le motif de ma venue.

Le Loggoum est un pays très peuplé. L'idiome de cette contrée ressemble beaucoup au begharmien. Les habitants ont une monnaie métallique, la première que j'eusse vue dans le Soudan. Mais le cours de cette monnaie éprouve des fluctuations ; tous les vendredis, au commencement du marché hebdomadaire, il est fixé par une proclamation. Il en résulte naturellement que les joueurs à la hausse font des spéculations d'après leur opinion.

Les Loggoumiens sont bien plus beaux et plus intelligents que les Bornouens; on peut surtout le dire des femmes. Elles l'emportent, pour la tournure, le maintien et les manières, sur les autres négresses; je puis dire avec vérité que ce sont les négresses les plus belles et les plus immorales que j'aie vues.

Le lendemain je ne fus pas peu surpris d'apprendre que dans ce petit État il y avait deux sultans, le père et le fils, chacun à la tête d'un parti puissant, se haïssant cordialement et se craignant l'un l'autre.

Mon pauvre compagnon semblait être un peu mieux ; je le quittai pour quelques jours, j'avais le plus vif désir de remonter le Chary. A midi, nous n'avions encore parcouru qu'un petit nombre de milles quand nous apprîmes que les Begharmiens étaient de nouveau sur le Medha et marchaient contre le Louggoum.

Cette nouvelle jeta la confusion dans ma troupe et j'eus bien de la peine à lui persuader de retourner avec nous à Kernok. Quand nous fûmes de retour, le sultan nous manda près de lui et ordonna que les gens du cheik quittassent à l'instant ses Etats. Malgré toutes mes observations, Bellal reçut l'ordre de quitter le Loggoum et de nous emmener tous avec lui.

Contraint d'obéir, je revins chez moi, je soulevai mon ami souffrant qui était absolument hors d'état de s'aider lui-même; nous le plaçâmes sur un cheval, nous sortîmes à quatre heures des murs de la capitale. Le lendemain nous atteignîmes Angala, lieu où nous étions en sûreté et où nous étions certains de trouver protection.

A Angala, nous prîmes notre ancien logement. M. Toole, en apprenant où nous étions, s'écria : « Grâce à Dieu, je ne mourrai pas ! » Il fut si bien les deux jours suivants que j'espérais beaucoup qu'il guérirait; mais le 26, à quatre 4 du matin, ces idées flatteuses s'évanouirent. Un frisson froid l'avait saisi, ses extrémités étaient glacées; il rendit le dernier soupir sans effort et sans gémissement.

Le même jour, lorsque le soleil allait se coucher, je suivis la dépouille mortelle de cet intéressant jeune homme à son dernier asile. Dans le cours de ma vie, j'avais vu plusieurs de mes compagnons payer leur dette à la nature, mais le souvenir du trépas tranquille de mon jeune ami succombant à ses souffrances me causa une douleur bien plus vive que celles que j'avais déjà ressenties.

Après la mort de mon ami je devais naturellement désirer de retourner promptement à Kouka; le lendemain au soir, accompagné de Bellal, je partis d'Angala.

Le 2 mars, je rentrai à Kouka. Quoique dans cette circonstance le succès n'eût pas couronné mes efforts, néanmoins l'excursion que je venais de faire n'avait pas été sans avantage. Elle ajouta considérablement à nos connaissances du pays et de ses habitants. Le canton où nous avions pénétré n'est point parcouru par les kafilas; les Maures isolés n'y vont que bien rarement. Il doit être bien perfide, le caractère d'un peuple chez lequel l'amour du gain ne peut attirer le Maure, si avare et si persévérant à donner de l'extension à son commerce. Je regrettai infiniment de n'avoir pu remonter le Chary au-dessus de Loggoum : ce pays est plus sain et plus fertile que les autres arrosés par le Chary. Le gossob, le gafouly, les arachides, les mangues, les oignons y abondent, de même que le miel, le beurre, le lait et le bœuf. Tous les soirs, il se tient à Kernok un marché où l'on peut acheter autant de viande et de poisson qu'on le désire. Le sel est extrêmement rare, il paraît qu'il n'est guère recherché; on le remplace par le bontrona qui est terriblement amer et nauséabond. Les arbres sont très communs et beaucoup plus grands que ceux du Bornou ; les plus nombreux sont les acacias; les plus remarquables sont les courbarils, avec leur fleur rouge, et le koka, que je n'ai jamais vu en fleur.

Les Loggoumiens des deux sexes sont très laborieux, et leurs tisserands les plus actifs des États du cheik. Il n'est guère de maison qui n'ait un métier grossier; c'est dans ce pays que se fabriquent les toiles de coton les plus belles et du tissu le plus serré. Je vis dans une maison six navettes en mouvement; ce sont ordinairement les hommes libres qui font ce travail; les femmes esclaves préparent le coton et lui donnent, au moyen de leur incomparable indigo, la belle couleur bleu foncé que ces peuples aiment tant.

Durant toutes les guerres qui ont désolé le Bornou, la politique du Loggoum a été de garder la neutralité. Les Loggoumiens sont de très beaux hommes; ils ont l'air bien portants et bonne mine.

X

FIN DU VOYAGE DU MAJOR DENHAM. — VOYAGE AUX RIVES ORIENTALES DU LAC TCHAD

7 mars 1824. J'ai reçu aujourd'hui par un courrier la confirmation de la mort du docteur Oudney à Mourmour, près Katayoum, le 12 janvier dernier.

J'avais laissé le cheik marchant contre les Beghar-miens pour les chasser ; nous reprîmes notre route et nous nous dirigeâmes sur Chowy : on marcha et on traversa le Gordya par un gué transversal, et nous prîmes plus à l'est qu'auparavant, par une route plus courte. Je m'amusai beaucoup à voir une troupe de jeunes filles sauter à la longue corde, précisément comme en Angleterre. Les habitants de Chowy sont très indolents et mènent une vie heureuse.

Nous avons traversé le Chary et après avoir parcouru 9 milles, nous sommes arrivés au lac Hamesé, qui est une partie du Tchad. Après avoir marché plusieurs jours en longeant les marais qui bordent le Tchad, on arriva aux cabanes des Chouâa-Biddomassy, où Barca-

Gana était campé. Il devait marcher contre Mendou, près de Maou, capitale du Kanem, d'où les Ouadayis avaient chassé les partisans du cheik. Je devais, par ordre du cheik, rester dans le camp jusqu'au retour de Barca-Gana, qui devait aller châtier les rebelles.

Quelques jours après on reçut la nouvelle que Mendou était abandonnée quand Barca-Gana y entra. Durant plusieurs jours nous fûmes tenus dans une grande incertitude; il n'arrivait pas de nouvelles de l'armée; il courait toutes sortes de bruits : on disait tantôt que Barca-Gana avait poussé jusqu'à Maou et au Ouaday, tantôt qu'il était dans les îles. Malgré des prodiges de courage, nous eûmes la douleur d'apprendre que Barca-Gana avait été battu et blessé. Nous étions restés campés pendant dix jours; je me décidai à demander une entrevue avec Barca-Gana pour savoir ce que nous devions faire. Nous partîmes de Tangalio et revînmes au lieu où nous avions laissé les Biddomassy.

Le 11, nous arrivâmes à Chowy après une marche très ennuyeuse; nous fûmes égarés pendant trois heures, tant les chemins dans la forêt sont difficiles et embarrassés de broussailles. Nous aperçûmes cinq girafes, ce qui me fit grand plaisir; c'était la première fois que je voyais cet animal vivant.

Nous suivîmes bientôt une route nouvelle et fîmes halte près du Gambalaroum; après une marche longue et fatigante nous atteignîmes les cabanes de Felatah. De là nous gagnâmes Angornou, et quelle ne fut pas ma surprise, en arrivant à Kouka, d'y trouver le capitaine Clapperton revenu du Soudan.

La kafila du Soudan, si longtemps attendue, étant arrivée, ce fut le signal de notre départ. Le lundi 16 août, nous dîmes un dernier adieu à Kouka, ce qui ne fut pas sans de vifs sentiments de regret, tant nous étions accoutumés à vivre avec ses habitants; le matin j'avais pris congé du cheik dans son jardin; il m'avait remis une lettre pour le roi et une liste de demandes. Il me parla avec une extrême bonté et me dit qu'il ne souhaitait qu'une chose, qui était que je trouvasse tous mes amis en bonne santé et que je revinsse dans le Bornou.

Depuis mon retour de Tangalia, j'avais formé le projet d'aller au côté oriental du Tchad par Lari, avant de reprendre le chemin de Tripoli. Nous profitâmes du départ d'une kafila et nous mîmes en route quelques jours avant elle. Notre voyage se fit sans grands incidents, et le dimanche 21 novembre, nous fîmes notre entrée dans Mourzouk et nous prîmes possession de notre ancienne demeure.

Sidi-Hossem, le nouveau sultan, qui avait succédé à Moustapha, n'était arrivé que la veille, et comme il avait pris le deuil pour la mort de Cilla-Gibellia, épouse du pacha, il n'y eut pas de réjouissances pour célébrer sa venue.

Ayant appris que le Djebel était le refuge des hommes malintentionnés, nous résolûmes de partir aussitôt. Le 12 décembre, nous étions prêts à partir; le 13, nous dîmes adieu à Mourzouk ; le 18, nous arrivâmes à Sebha, où nous reçûmes une hospitalité des plus bienveillantes. Nous arrivâmes ensuite à Omhoul-Abed, lieu où l'on fait provision d'eau et de bois pour passer le désert qui est entre ce lieu et Sockna. On partit de Sockna le 5 janvier 1826; arrivés au ouadey Orfelli, M. Clapperton prit la route de Bondjein, moi celle de Ghirza. Nous vîmes Melghra, où nous avions dit adieu à nos amis lorsque nous étions partis pour l'intérieur de l'Afrique. Notre retour en ce lieu se joignait à des souvenirs bien agréables.

Peu de temps après nous nous embarquâmes pour Livourne; notre traversée, contrariée par de mauvais vents, fut de 28 jours, notre quarantaine de 25 jours.

Le 1er mai nous arrivâmes à Florence ; lord Burghersh nous y combla d'attentions. Nous avions expédié de Livourne par mer nos animaux et notre bagage, sous la conduite d'Hilman, le seul de nos compagnons qui n'eût pas succombé aux attaques du climat africain. M. Clapperton et moi, nous franchîmes les Alpes, et le 1er juin suivant nous annonçâmes notre retour en

Angleterre au comte Bathurst, sous les auspices duquel notre voyage avait été entrepris.

BALLADE

que chantèrent les Arabes de la caravane de M. Denham.

L'Arabe a suspendu ses pas;
Dans le sein du désert immense
Un point paraît, croît et s'avance;
L'Arabe s'apprête aux combats;
L'œil fixé sur la plaine aride,
Il a cru voir, dans le lointain,
S'approcher la tribu perfide
Que nourrit un sanglant butin.

Pensers touchants, doux souvenir,
Et de famille et de patrie,
Viennent, dans son âme attendrie,
A l'aspect du danger s'unir.
Mais, tout entier à la bravoure,
Et d'un chef reprenant les droits,
De ses compagnons il s'entoure,
Et les ranime par sa voix.

— D'Ismaël rejetons heureux,
Enfants de l'antique Arabie,
Les fils d'une horde avilie
Vous verraient-ils fuir devant eux?
— Non, répond la troupe fidèle,
La crainte ne peut rien sur nous;
Le sort peut tromper notre zèle,
Mais, s'il le faut, nous mourrons tous.

De voix et de chants moins confus
Un bruit cependant se déploie,
Et l'Arabe écoute avec joie
Des accents à son cœur connus.
Oui, du désert qui le vit naître,
Ce sont bien les rustiques chants,
Les étrangers qui vont paraître
De sa tribu sont les enfants.

Un même cri, frappant les airs,
A signalé la troupe amie :
Salut aux fils de l'Arabie,
Salut aux enfants des déserts.
De mains en mains l'outre qui passe,
De ses flancs versant la fraîcheur,
Moins qu'un doux entretien délasse
Et rafraîchit le voyageur.

Mais du départ l'ordre soudain
Veut trop tôt que l'on se sépare ;
La caravane se prépare
A poursuivre son long chemin.
Ils partent, et leurs mains, qu'enlace
Le regret des adieux touchants,
Cherchent à prolonger l'espace
Marqué par de si doux instants.

FIN

UN COUP DE TÊTE

CHAPITRE PREMIER

A Mlle Reine-Elisabeth de la Roche-en-Brenil
à Montmeillien.

« Ma chère Queen Bess,

« Tu as dû être bien surprise de me voir interrompre ma dernière lettre à mi-page, au milieu d'une phrase restée inachevée. C'est que ma tante m'appelait, quoiqu'elle n'eût rien à me dire, uniquement parce qu'elle tient à m'avoir auprès d'elle. Nous étions, ce jour-là, elle et moi, de mauvaise humeur, ce qui nous arrive souvent depuis quelque temps. J'ai mis mes feuillets sous l'enveloppe et te les ai envoyés, me réservant de reprendre, quand j'en aurais l'occasion, ces confidences que je ne puis faire qu'à toi.

« J'en étais à l'endroit le plus important de mon récit, et je suis sûre que tu m'en as voulu d'en avoir ajourné la suite au prochain numéro, comme si c'était un roman. Je te disais que mon père, après avoir donné sa démission d'officier supérieur, s'était intéressé dans une affaire financière qui avait réussi au delà de toutes ses espérances et l'avait enrichi. Ma mère, qui était orpheline, se maria très jeune. J'étais leur unique enfant et ils me donnèrent une éducation en rapport avec le rang que je devais tenir plus tard dans la haute société. J'avais pour eux le plus sincère attachement et ils me témoignaient tant d'affection, ils m'entouraient d'une si grande sollicitude que je n'aurais pu être plus heureuse. Hélas! pourquoi ce bonheur n'a-t-il duré que quelques années! Je crois voir encore mon père assis sur un banc de notre jardin, fumant son cigare, tandis que ma mère lui lisait le journal, et que, moi-même, tout près d'eux, je m'amusais avec un jouet, écoutant la lecture sans y rien comprendre.

« Ma mère avait une sœur beaucoup plus âgée qu'elle, chez qui, pour mon malheur, je demeure aujourd'hui. Ma tante était d'un caractère jaloux et acariâtre, que l'âge n'a fait que rendre pire. D'un formalisme excessif, très susceptible, se croyant supérieure à tout le monde, toujours d'humeur quinteuse, elle était très vexée de voir que toutes les attentions des amis de mes grands-parents s'adressaient à ma mère. Sa colère fut indescriptible le jour où ma mère se maria. N'étant recherchée par personne, elle s'entoura de vieilles filles, **qui** passaient leur temps à médire de tout le monde.

« J'avais douze ans lorsque ma destinée changea tout à coup. Mon père, au retour d'une partie de chasse avec quelques amis, fut atteint d'une pleurésie, qui l'emporta au bout d'une semaine. Il avait à peine quarante ans. Avec lui nous perdions, ma mère et moi, tout au monde. Aussi tu comprends quelle fut notre douleur. Ma mère chargea un de nos parents éloignés de régler nos intérêts de famille. Elle congédia tous ses domestiques, ne gardant avec elle qu'une vieille servante, qui avait été ma nourrice. Notre train de maison fut réduit à la plus stricte simplicité. Notre bel hôtel des Champs-Elysées fut vendu, et nous allâmes habiter à Sèvres une petite villa, où ma mère s'ensevelit dans le silence.

« Mon père et ma mère avaient été trop sincèrement unis pour que la mort de l'un n'abrégeât point la vie de l'autre. Ce premier deuil était le précurseur d'un second bien proche. Ma mère ne faisait plus que pleurer. Elle ne tarda pas à devenir malade. Ma tante, plutôt par calcul que par pitié, venait nous voir plus souvent qu'autrefois. Elle tâchait de m'attirer à elle, et, comme je n'avais pas beaucoup d'amusements, je me laissais presque tous les jours emmener par elle à la promenade. Je voyais ma mère s'étioler d'une maladie de langueur, qui, suivant notre docteur, était incurable. Je ne pouvais pas encore me rendre compte de son état et de ses souffrances morales, parce que j'étais trop petite, mais j'avais le cœur bien gros, chaque fois que je la regardais. Ses joues, d'une pâleur cadavérique, se creusaient, ses yeux étaient toujours pleins de larmes.

« Je ne la quittais pas un instant. Je couchais au pied de son lit; elle ne voulait prendre de nourriture que de ma main, et plus d'une fois il fallut que Nicette imposât sa volonté à la pauvre malade pour la décider à me laisser sortir une heure ou deux par semaine.

« Nicette, notre bonne, m'aimait comme si j'avais été sa propre fille et je regrette que mon tuteur ne me l'ait pas donnée comme seconde mère. Cette brave femme n'aurait jamais eu la pensée de me rendre malheureuse, et je le suis, tu le sauras bientôt.

« Je faisais de temps à autre à ma mère mourante la lecture des livres qu'elle avait aimés du vivant de mon père. C'étaient des volumes d'histoire et de science, trop élevés pour mon âge, mais je les lisais avec la plus grande attention, quoique je n'en entendisse pas le sens, parce que je savais que cela donnait quelque distraction à ma chère malade.

« Très inquiète des progrès de sa maladie et n'ayant sous les yeux que le tableau de sa douleur, je devins souffrante à mon tour, faute d'air et d'exercice; je perdis l'appétit et le médecin déclara que ma santé était gravement compromise. Ma tante qui commençait à me régenter, fut d'avis que je devais être envoyée à la campagne, et ma mère, incapable d'opposer la moindre résistance à sa sœur, tant elle était affaiblie, donna son consentement à ce projet. Il se passa toutefois quelque temps avant qu'on le mît à exécution, et sur ces entrefaites, tu vins nous voir avec ta mère qui était la meilleure amie de la mienne.

« Je n'oublierai jamais cette journée. Je voyais tout le monde pleurer, et je ne pouvais étouffer mes sanglots. Ma mère ne se dissimulait pas que sa fin était prochaine. Elle parlait de sa dernière heure avec le calme et la résignation d'une sainte, et à chaque instant, elle m'appelait pour m'embrasser, pour me faire des recommandations sur la conduite que j'aurais à tenir quand elle ne serait plus là. Tous ses conseils sont restés gravés dans mon cœur et ils ne s'en effaceront jamais. Un jour elle me dit qu'elle avait pris des arrangements avec ma tante, qui voulait bien se charger de moi. Elle ajouta que j'aurais pour tuteur M. Dorvilleux, le vieil ami de mon père, et elle me recommanda de vivre en bonne intelligence avec ma tante. Je le lui promis, et j'aurais sans aucun doute tenu ma promesse, par respect pour la mémoire de ma mère, si l'acrimonie continuelle de ma tante, dès que je fus installée dans sa maison, ne m'avait peu à peu exaspérée.

« Peu de jours après ton arrivée, ma mère mourut, et je me vis tout à coup, par ce nouveau malheur, séparée du seul soutien que j'aie jamais eu en ce monde. Mon tuteur n'aimait pas ma tante, mais il ne voulut rien changer aux dernières volontés de ma mère. Il se borna à lui dire qu'il ne viendrait pas chez elle, et qu'il se réservait le droit de m'écrire chaque fois qu'il le jugerait utile.

« Je ne saurais te dire tout le chagrin que je ressentis en me voyant livrée à une autorité bien différente de celle à laquelle j'avais été soumise jusqu'alors et que j'aimais parce qu'elle était pour moi la protection. Ma tante, une fois maîtresse de mon avenir, prétendit m'élever tout autrement que je ne l'avais été par mes parents. Elle ne me laissa plus un moment de liberté ; elle me défendit, en quelque sorte, d'avoir une idée à moi, un désir à moi, exigeant que je n'eusse d'autre volonté que la sienne, criant après moi toute la journée, se plaignant de moi à tout le monde, m'interdisant le piano qui plaisait tant à ma pauvre mère et m'ordonnant de le fermer à clef, sous prétexte que la musique lui agace les nerfs.

« Tu sais que chez ma mère j'étais bien mise, et que

j'avais même des toilettes riches. Si tu voyais comme je suis fagotée maintenant ! Depuis que j'ai quitté mon deuil, je porte une robe grossière et laide ; une pelisse de petite vieille, tachée, à demi usée, qui, au lieu d'être attachée par un ruban, s'agrafe ; mon chapeau me retombe sur le nez. J'ai de vilains souliers de gros cuir, à double semelle, semblables à des sabots, d'affreux bas de laine plutôt verts que noirs.

« J'ajoute que l'on m'oblige à lire des livres insipides, ridicules, qui ne me distraient pas, et m'intéressent encore moins. Figure-toi que, ce matin, ma tante m'a arraché des mains un volume de poésies de Coppée et l'a jeté au feu en ma présence, en me disant qu'une jeune fille doit apprendre à coudre, à tricoter, à faire le ménage et laisser là tous ces mensonges imprimés qui ne font que gâter l'esprit et pervertir le cœur. Je puis t'assurer que ce n'était pas un mauvais livre ; mon tuteur me l'avait envoyé, en me recommandant plusieurs pièces. Je prévois qu'il y aura, avant la fin de la semaine, un orage entre ma tante et lui, mais c'est sur moi que pleuvront finalement tous les reproches.

« Ah ! que tu es heureuse de n'avoir pas ces contrariétés ! Ne crois pas que je suis en colère ; mais il m'est impossible de m'accommoder à cette façon de vivre, et si tu apprends que j'ai fait un coup de tête, n'en sois pas étonnée.

« Quoi qu'il arrive, d'ailleurs, je t'en préviendrai. Tu sais à présent tout ce qu'il y a dans mon cœur. Gronde, prêche, exhorte, censure, tu en as tout droit, je lirai tout ce qui me viendra de ta part avec reconnaissance, et je ne cesserai de t'aimer. Mais il se peut bien que je n'en fasse qu'à ma tête. Ma tante dit qu'on ne la casserait pas avec des pierres. Peut-être a-t-elle raison, mais est-ce ma faute?

« Adieu, ma chère Queen Bess, j'attends ta réponse avec impatience, et ne tarde pas de me l'envoyer. Personne d'ailleurs n'ouvre ma correspondance. C'est le seul privilège que j'aie gardé à seize ans.

« Ta bien sincère amie

« MARIE-GEORGETTE. »

II

A Mlle Marie-Georgette Leblé-Servance,
à Neuilly-sur-Seine.

« Petite tête de fer,

« Bonne mère, qui a lu ta lettre, voulait te faire une grande morale, et elle n'en a été empêchée que par l'arrivée de nos cousins de Lomagne. « Mais ce qui est « différé n'est pas perdu », a-t-elle dit. Et elle a ajouté:

« Ecris à Marie-Georgette que je suis très mécontente
« d'elle, que je n'admets point ses récriminations conti-
« nuelles contre sa tante, Mlle Servance, qu'elle exagère,
« que son devoir est avant tout de se soumettre, de res-
« pecter la volonté de sa mère et de ne pas se rebeller.
« Elle a un caractère tout à outrance, et si elle ne change
« point, elle sera réellement malheureuse. » Je t'épargne
le reste de la semonce, et tu as de la chance, car ma
mère ne t'aurait pas fait grâce d'une ligne : elle aurait
rempli les quatre pages et même écrit en travers.

« Je t'avais déjà conseillé de mettre de l'eau dans
ton vin et de prendre patience en enrageant, puisqu'il
faut absolument que tu enrages. Tu t'accordes avec ta
tante comme chien et chat et tu ne vois pas que ces
dissentiments proviennent le plus souvent de ton obsti-
nation. Non seulement tu ne veux pas céder, même
quand tu as tort, mais tu résistes en face à une femme
de soixante ans, — je crois que c'est l'âge de Mlle Servance, — et tu voudrais qu'elle pliât son humeur à la
tienne. Tu as vraiment trop bonne opinion de ta
petite personne, quand tu scrutes si complaisamment
les défauts d'autrui, sans t'apercevoir que ce sont tes
propres imperfections qui sont tes plus grands ennemis. Je t'assure que tout ton malheur, plus imaginaire
que réel, vient de là, et j'ai bien peur que, tôt ou tard,
tu n'aies à en pâtir véritablement.

1.

« Mais voilà que je te gronde comme ferait ma mère ou Mlle Servance, et j'oublie que c'est jeter de l'huile sur le feu. Parlons donc d'autre chose. Montmeillien est, depuis le commencement de la semaine, tout en branle. Mes cousins de Lomagne, qui sont tous trois membres actifs de la Société des Antiquaires de la Bourgogne, ont convié toute la Côte-d'Or à visiter le département au point de vue archéologique, et c'est par Saulieu, qui est notre chef-lieu de canton, et par Semur, notre chef-lieu d'arrondissement, que l'excursion doit commencer, avec rendez-vous général chez nous.

« C'est une idée de Fernand et il la ruminait depuis quelques mois. Tu sais que mon frère n'entend pas raison quand il a chaussé un projet et qu'il n'y a pas à le contrarier : il a la tête au moins aussi près du bonnet que toi. Si c'est lui que tu dois épouser un jour, ma chère, je te prédis un beau chamaillis dans ton ménage. Heureusement, pour lui et pour toi, il n'en sera rien.

« Donc, Fernand, qui s'ennuie à mourir quand il n'a pour perspective que les quatre murs de son cabinet de travail et pour unique occupation que de plonger le nez dans des livres de médecine, a imaginé de remuer le pays, et il y a réussi au delà de ses vœux et des nôtres. Voilà huit jours que nous sommes de corvée, ma mère et moi. Nous travaillons d'ahan, et il a fallu réquisitionner toutes les femmes du village pour venir à bout des préparatifs de la fête. Car, sous prétexte d'archéologie, c'est une vraie fête que nous avons :

Et, des hameaux voisins, les filles et les garçons
Viennent à Montmeillien pour danser aux chansons.

« Mes cousins de Lomagne, qui sont des personnages graves, cravatés de blanc, gantés de noir, quoique l'aîné, Martial, n'ait pas la trentaine, ont d'abord fait la moue quand ils se sont vus pris dans le piège, car ils ne s'amusent jamais, et font, selon l'expression de Fernand, leur stage au Palais pour devenir marchands de bonnets de nuit. Mais notre accueil les a déridés assez vite, et, tu ne le croirais jamais, c'est le sévère Martial qui a dansé avec la maladroite Queen Bess. Je dis maladroite, et tu aurais dit pis : figure-toi qu'au cinquième ou sixième tour de valse j'ai perdu la mesure. Impossible de la reprendre. Nous avons été obligés de nous asseoir, à ma grande honte, et tu aurais ri de voir mes joues : rouges comme une alize. Bonne mère m'a lancé un regard qui n'a fait qu'augmenter mon bouleversement. Eh bien ! sais-tu ce qu'a fait Martial ? Il a tout pris sur lui, et il a si naïvement confessé sa gaucherie naturelle, que tout le monde l'a cru.

« J'ai eu la cruauté de m'amuser de son embarras, qui était admirablement joué, et non seulement je l'ai laissé mentir, mais je me suis rendue sa complice en ne le désavouant point. La fête s'est prolongée jusqu'au matin. Le parc était illuminé *à giorno*, et les accords de la musique ajoutaient à la féerie. Des lanternes véni- tiennes ont éclairé notre sauterie jusqu'au matin, et nous dansions encore quand il faisait déjà jour. Nous sommes tous rompus, moulus, mais chacun se garde bien d'en laisser rien paraître, le programme portant, pour cette après-midi, une pointe jusqu'à Saulieu.

« Mes cousins, Martial, Jean et Marc, n'ont jamais vu l'église de Saint-Andoche et la terrasse; ils sont très impatients de constater s'il est vrai que le clocher en plomb imite la couronne de Charlemagne. Marc nous a fait, à ce propos, une belle dissertation archéo- logique à laquelle je n'ai rien compris. Il est vrai que c'était au déjeuner et que j'étais assise à côté de Martial, qui me « médusait », comme dit Fernand.

« Je baissais les yeux, tout intimidée, mais cela ne m'empêchait pas de voir l'expression de sa physiono- mie qui avait repris sa froideur accoutumée. Je trem- blais qu'il ne me fît un reproche de ma duplicité de la veille, et il en aurait eu le droit, mais il n'en a pas été une seule fois question entre lui et moi, et j'avoue que j'ai été toute surprise de la douceur de sa voix lors-

qu'il m'a adressé la parole pour me complimenter de
ce qu'il appelle une « vaillance », personne n'ayant eu
plus de deux heures de repos et tout le monde voulant
se mettre en route de bon pied. Nous partirons vers
quatre heures et nous ne reviendrons qu'à la nuit.
Nous emporterons des provisions pour un pique-nique;
on dînera sur la hauteur de Saulieu. J'ai beau soutenir
que le site n'offre rien de pittoresque, que la ville est
triste, mal bâtie; Jean, qui a des prétentions à la pein-
ture, me répond que je n'entends rien au paysage, et il
me promet de me faire voir de la terrasse le magni-
fique panorama des onze communes du canton. Il s'ex-
tasie sur la beauté de Saint-Germain-de-Modène, de
Saint-Léger-de-Fourches, de la Motte-Ternant, de
Thoisy-la-Berchère, et me soutient que si la Côte-d'Or
n'a pas vu naître de peintre fameux, c'est parce que
les Bourguignons ne remarquent pas la nature qui leur
crève les yeux.

« Mes trois cousins ne se ressemblent point. Martial
est grand, taillé en hercule, très beau. Fernand regrette qu'il se destine à la magistrature. « Il est né
tambour-major », dit-il. Mais Fernand est moqueur, et
je trouve même qu'il pousse la plaisanterie trop loin.
A vrai dire, Martial ne s'en fâche point, car, s'il paraît
glacial, il a très bon cœur au fond, et je suis sûre qu'il
est « bien moins méchant qu'il n'en a l'air ». Jean est

aussi expansif que son frère aîné est froid. C'est l'idéaliste et le poète de la famille, mais ses rêveries ne lui ôtent rien de sa gaieté; il a toujours le mot pour rire, et ses réparties sont si heureuses qu'il n'y a pas moyen de s'ennuyer lorsqu'il parle. Mais il ne parle que par boutades. Ainsi, hier, il a passé presque toute la journée au salon, dans un coin, comme si on l'avait mis en pénitence; et quand nous lui avons demandé ce qu'il avait, il nous a répondu du bout des lèvres :

« — Oh ! rien. Ne vous occupez pas de moi. J'ai mes heures de mélancolie, comme Albert Dürer.

« Marc est le savant, et il ne s'intéresse qu'à la science. Encore faut-il que cette science soit de son goût, et qu'elle touche par quelque côté à l'archéologie. C'est un ramasseur de vieilles pierres, un déchiffreur d'inscriptions et d'épitaphes; toutes ses conversations roulent sur l'épigraphie. Il connaît en toises, pieds et pouces les mesures exactes de tous les monuments de France, et vous les donne toutes en long et en large. Il sait quelle en est la date de construction, et combien de fois on y a fait des réparations, quels en furent les architectes, et je crois même qu'il pourrait vous dire le nom des maçons.

« Autant Martial est grand et de belle stature, autant Jean et Marc sont petits et malingres. Marc surtout paraît un nain à côté de son aîné. C'est le chêne et le roseau. Mon frère les aime beaucoup tous les trois mais je ne sais auquel il donne la préférence. Pour moi je ne te cacherai pas que Martial qui mérite si bien son nom, me plaît mieux que Marc ou Jean. Mais monsieur le président — Fernand lui a donné ce surnom — m'effraie un peu, et il me semble à tout moment que je me trouve en présence de l'ogre de la fable.

« Fernand a trouvé ta lettre sur ma table à ouvrage, ma mère l'y avait laissée tout ouverte. Il ne l'a pas lue, parce qu'il est très discret, mais il a reconnu ton écriture. Si tu avais entendu le petit discours qu'il a fait sur toi, tu n'aurais pas été flattée de ton portrait. Et pourtant je dois avouer en toute sincérité qu'il était assez bien pris sur le vif. Fernand est, tu le sais, très franc; il dit comme toi ce qu'il pense, et le dit sans détours.

« Bonne mère t'appelle quelquefois Marie-Georges, en faisant allusion à ton caractère, et il est hors de doute que comme emportement, comme ténacité, il tient de toi ou tu tiens de lui; car je ne pourrais dire lequel des deux est le plus têtu.

« Me voilà revenue par un long détour au début de ma lettre. Mais ne crains point que je la recommence. Je n'ai pas le temps aujourd'hui de prôner, mademoiselle. D'ailleurs ce ne sont pas mes remontrances, n'est-il pas vrai, qui te corrigeront, ni peut-être celles de personne? Tu m'as permis de te censurer, je le fais, mais un peu, très peu, et je m'arrête tout de suite, car je t'aime malgré tes travers.

« Quitte donc bien vite cette affreuse mine grise, qui ne te va pas du tout, redeviens rieuse comme tu l'étais autrefois et laisse là cette figure refrognée de petite vieille qui a pris en grippe tous ceux qui lui veulent du bien. Sache que je ne te pardonnerai pas a maussaderie si tu y reviens. Bonne mère a, je crois, l'intention de te demander pour quelques jours à ta tante; mais sois sûre que je ne l'encouragerai pas si tu ne me promets point de nous arriver ici avec une figure de pleine gaieté. Nous ne voulons que des cieux rassérénés, comme dit M. de Chateaubriand.

« J'entends Fernand qui donne le signal du départ, et je ne veux pas être classée parmi les traînards. Au revoir, je t'embrasse bien affectueusement; écris-moi que tu es devenue plus douce que l'agneau. J'attends ce miracle.

« REINE-ELISABETH. »

III

« Ma chère Queen Bess,

« C'est encore moi; et je n'attends pas ta réponse à ma dernière lettre, car j'ai hâte de t'envoyer celle-ci.

Je suis dans une exaspération telle que j'ai brisé trois fois ma plume avant de pouvoir commencer à t'écrire. Et pourtant je ne puis m'en empêcher; car j'ai un service à te demander, un service immédiat.

« J'ai eu, il y a une heure, une nouvelle scène avec ma tante, à propos d'un chapeau absolument ridicule que j'ai refusé de porter. Dans ma colère, je l'ai arraché de ma tête, je l'ai foulé aux pieds, en criant : « Vous « ne me le ferez plus mettre, maintenant qu'il est dans « cet état. » Mais ma tante m'a déclaré que je n'en aurai point d'autre. J'ai répondu par une parole insolente, je ne sais plus quoi, car j'étais hors de moi, et pour la première fois de ma vie, j'ai été souffletée.

« Un soufflet à seize ans ! Oh ! je ne puis te dire toute la rage qui m'est montée au cœur à ce moment ; je crois que si j'avais eu une arme sous la main, j'en aurais frappé ma tante.

« Nous devions sortir pour faire des visites. Ma tante m'a signifié que, tant que je ne lui aurai pas obéi, je serai privée de toute promenade, et, comme elle est femme à tenir ses promesses, j'ai la perspective d'une éternelle réclusion.

« Je me suis renfermée dans ma chambre, et je suis bien décidée à ne pas céder. Je t'avais bien dit que je suis malheureuse. Je t'en supplie, détermine ta mère à m'appeler auprès d'elle, sous n'importe quel prétexte.

II   3

Imagine toi-même tout ce que tu voudras, mais délivre-moi de cet enfer. Je t'en serai reconnaissante toute ma vie.

« Ta mère ne voudra pas me laisser souffrir plus longtemps. Elle m'a toujours beaucoup aimée, et c'est avec elle que j'aurais voulu vivre depuis que je suis orpheline. Elle est bonne et juste, elle a un caractère avec lequel on sympathise tout de suite, et je n'ai qu'à me représenter tout ton bonheur pour savoir quel serait le mien, si je pouvais réaliser mon désir d'être toujours avec toi.

« Je ne doute pas de ton affection pour moi; tu me l'as témoignée en toute circonstance, et je suis sûre que tu feras tous tes efforts pour que ma prière soit exaucée. Mais ne tarde pas, je t'en conjure, car la vie m'est insupportable dans les conditions où je suis maintenant.

« Ton amie dévouée,

« MARIE-GEORGETTE. »

IV

A M. Chatelain, à Montbron.

« Mon cher tuteur,

« Je vous ai prié, à plusieurs reprises, de me retirer des mains de ma tante et vous m'avez toujours répondu que je devais patienter. Je l'ai fait, autant qu'il m'a été possible, pendant plusieurs années, et quoique je n'aie point, je ne m'en cache pas, un caractère à supporter ce qui m'irrite, j'ai enduré le supplice inimaginable auquel je suis livrée depuis la mort de ma pauvre mère. Mais aujourd'hui c'en est trop, et je viens vous demander en grâce d'employer votre autorité pour mettre fin à mon malheureux sort.

« Vous savez que ma tante, tout en prétendant qu'elle ne s'occupe que de moi et qu'elle fait tout pour me prouver sa sollicitude, me soumet sans interruption à une véritable torture. Je n'ai avec elle, du matin au soir, que discussions et querelles ; elle me traite de paresseuse, d'ignorante, de révoltée ; elle dit à qui veut l'entendre que je n'ai pas de cœur ; elle fait en un mot de votre pauvre filleule le plus affreux portrait qu'il y ait au monde et un portrait qui, vous ne l'ignorez pas, n'a rien de ressemblant.

« Hier, à propos de vétilles, elle m'a sermonnée du déjeuner au dîner. Il m'a été impossible de ne pas riposter, et j'ai dû subir une avalanche de récriminations. Ma tante ne m'aime pas, elle ne m'a jamais aimée. Ah ! si ma pauvre maman avait pu prévoir quelle serait l'infortune de sa fille, qu'elle adorait, jamais, non jamais, elle n'aurait consenti à me confier à ma tante !

« Je n'ai d'appui que vous, mon cher tuteur, et c'est

pour cela que je m'adresse à votre bonté. Vous ne pouvez pas vouloir que je reste plus longtemps exposée à ces avanies que j'essuie depuis plusieurs années.

« J'ai écrit à Mlle de La Roche-en-Brenil pour lui demander d'intercéder auprès de sa mère afin que l'on m'accueille à Montmeillien.

« Je n'ai d'autre refuge que là, et si l'on ne peut m'y accepter, pour une raison quelconque, il n'y aura plus qu'à m'envoyer au couvent.

« Je me conformerai à votre volonté, je suis prête à tout, pourvu que je sorte d'ici.

« Ne me laissez pas, mon cher tuteur, dans une maison d'où ma mère m'aurait retirée, aussitôt qu'elle aurait su tout ce que je vous ai dit si souvent et ce qui est aujourd'hui pire que jamais.

« Votre obéissante filleule,

« MARIE-GEORGETTE. »

V.

« Ma chère Marie-Georgette,

« Tu seras toujours, je le crains bien, la petite exaltée, opiniâtre et volontaire que j'aime quand même, quoique je connaisse bien ses travers.

« Je sais que Mlle Servance n'est pas tous les jours commode, et que, pour s'accoutumer à son humeur, il faut un autre naturel que le tien et peut-être aussi que le mien.

« Mais si je t'ai engagée, chaque fois que tu m'as écrit tes plaintes, à te montrer patiente, c'est parce que j'ai suivi les conseils de ta bonne et chère mère en te confiant aux soins de ta tante.

« Mlle Servance ne te déteste pas autant que tu te l'imagines, mais elle est sévère, et elle a sa méthode d'éducation que je puis ne pas approuver tout à fait, mais que bien des personnes trouveraient très digne de louanges.

« Je ne dis pas cela pour modifier mes opinions sur ta tante, mais pour te faire comprendre que, dans la vie, on doit se plier aux circonstances.

« Sois bien sûre que si je te croyais absolument malheureuse, je ne te laisserais pas à Neuilly.

« Tu m'annonces que tu as écrit à Mlle de la Roche-en-Brenil et tu ajoutes que tu serais bien contente d'aller passer quelque temps à Montmeillien.

« J'y donne d'avance mon consentement sans réserves, mais tu ne pourras pas rester indéfiniment à Montmeillien, il faudra qu'après un séjour de quelques semaines avec ton amie, tu reviennes auprès de ta tante, et si tu as été pendant quelque temps plus calme loin de chez elle, tu recommenceras inévitablement à souffrir, comme tu le dis, dès que tu te retrouveras avec Mlle Servance.

« Je te ferai remarquer, en outre, que je ne puis entrer directement en lutte avec Mlle Servance, tant qu'il n'y a pas de motif grave. Je veux toutefois, si tu le désires, lui écrire, et lui demander d'adoucir un peu son régime strict. Mais j'attendrai, pour lui envoyer ma lettre, que j'aie d'autres nouvelles de toi.

« D'ailleurs, j'ai l'intention d'aller avant la fin du mois à Paris, et je profiterai de ce voyage pour te voir, si tu es encore à Neuilly, et, dans tous les cas, pour voir ta tante, si tu étais partie pour Montmeillien.

« Quant à t'envoyer au couvent, n'y songe pas, ma chère enfant, tu n'es plus à l'âge où l'on redresse aisément le caractère, et je doute que les bonnes sœurs puissent vivre longtemps en harmonie avec le tien.

« Ne crois pas que je veuille te gronder, tu ne le mérites pas beaucoup sans doute, mais je voudrais te faire entrer dans l'esprit, que dans la vie les choses ne s'arrangent point comme on le rêve, surtout quand on est jeune, et que la réalité est le plus fréquemment toute différente de l'illusion.

« Je t'ai prêché la patience, mais je dois te la prêcher encore, ma chère filleule, au moins jusqu'à ce que je t'aie vue. Je ne veux pas te soumettre à une trop longue épreuve, et je te promets même de hâter mes préparatifs de départ. Tâche donc de réprimer pendant quelques jours encore tes explosions de colère, petit volcan, comme t'appelait ton père, et n'oublie pas que s'il t'arrivait jamais quelque chose de vraiment fâcheux, je laisserais toutes mes occupations pour aller te prêter main-forte. Mais nous n'en sommes pas encore là, et je prévois que dans ta prochaine lettre, — je désire qu'elle soit très prochaine, — tu vas me dire : Mon cher tuteur, j'ai eu tort, déchire mes feuillets de papier et oublie ce que tu y as lu.

« Ton tuteur et ami dévoué,

« JEAN CHATELAIN. »

VI

A M{llo} Marie-Georgette Labbé-Servance,
à Neuilly-sur-Seine.

« Ma chère enfant,

« Je viens de m'entretenir longuement, à ton sujet, avec M. Châtelain, ton subrogé-tuteur; nous avons lu et relu ta lettre; elle m'a péniblement affecté. Je sais bien qu'une jeune fille de seize ans pardonne difficilement un soufflet. Elle se croit un si grand personnage ! Et puis, à cet âge béni, où l'âme s'entr'ouvre, l'orgueil s'épanouit en même temps que la beauté physique. Les gens de ton caractère, — heureusement, il y en a peu, — s'emballent vite, trop vite. Ta tante a eu la main leste; j'en conviens. Elle a été trop vive, si tu veux. J'y souscris encore. Mais toi, n'as-tu rien à te reprocher? Pourquoi ne pas vouloir porter ce diable de chapeau? Que tu sois couronnée de roses ou de coquelicots, qu'importe? A ton âge, n'est-on pas toujours jolie? De ton propre aveu, la garniture était de muguet, une parure fraîche qui se marie si bien avec l'ingénuité que doivent avoir les jeunes filles. Franchement, c'est y mettre de la mauvaise volonté. Si tu dois à ton âge commencer à rechercher toi-même tes toilettes, il n'en est pas moins vrai que ta tante a quelque peu voix au chapitre.

« Et après ce beau tapage pour une coiffure, tu pars en guerre, — toujours la fille de l'officier supérieur, — contre ta tante. Tu la prends en grippe, tu abhorres sa maison, tu abomines ce qu'elle aime, et puis encore, tu demandes à aller vivre chez Mme de la Roche-en-Brenil. C'est une manière de trancher les choses qui pourrait convenir à un chef de famille; mais pas à toi.

« Ta tante a soixante ans, plus de trois fois ton âge; ses cheveux sont blancs, et ils ont blanchi à la peine. A tous égards tu lui dois donc le respect. Et tu lui en as grièvement manqué. C'est mal, très mal. Si, au point de vue du fait en lui-même, j'incline à ne point te condamner absolument, parce que j'estime qu'il ne faut pas essayer de former les enfants à son caractère à soi, et qu'il est préférable de laisser aller la nature, en se bornant à lui imprimer de temps à autre, comme un léger coup de gouvernail, pour l'empêcher de quitter la direction, et de s'en remettre pour le reste au hasard, qui le plus généralement s'acquitte bien mieux que nous de résoudre les problèmes de la vie, d'un autre côté, il est juste de dire que les théories de Mme Servance ont une couleur de vérité telle que bien des gens partagent sa manière de voir. Elle méprise les poètes et conserve son admiration pour les femmes utiles qui gardent le gynécée, comme dirait M. François Coppée en ses inimitables vers... Qui sait si elle n'a pas raison? Des générations et des générations se sont élevées avec cette éducation; elles ne s'en sont pas plus mal trouvées pour cela. Et ma formule n'a peut-être d'autre supériorité sur elle que sa modernité.

« Quoi qu'il en soit, je suis convaincu que tu es très bien à Neuilly, même si ta tante brûle les livres qu'on t'envoie. Une jeune orpheline ne peut avoir de meilleur chaperon que la sœur de sa mère. Et le séjour dans une famille étrangère, quelque excellente qu'elle soit, est toujours d'un effet déplorable, aux yeux du monde, tant qu'il existe des parents et surtout des proches parents.

« Cependant, je crois que pour détendre la situation,

et donner un peu d'oxygène à votre atmosphère pas mal carbonisée comme ça, il ne serait peut-être pas mauvais que tu fasses un voyage à Montmeillien, mais un voyage de quelques jours seulement, trois semaines ou un mois au plus, le temps de te retremper auprès de la gentillesse souple et accommodante de Reine-Elisabeth et de faire rentrer un peu de calme dans le cœur ulcéré de ta tante, qui, je n'en doute pas, doit gémir en cachette et pleurer toutes les larmes de son corps sur le sort qui attend dans l'avenir une cervelle aussi chaude et aussi peu équilibrée que la tienne.

« Moi, qui compte sur ton bon cœur, j'espère que tu réfléchiras à la peine que tu nous fais à tous, et que tu conquerras bientôt, à ton retour, l'affection et les bonnes grâces de cette excellente Mlle Servance.

« J'écris par ce même courrier à Mme de la Roche-en-Brenil et à ta tante dans le sens des vacances à aller passer à Montmeillien.

« DORVILLEUX. »

VII

A Mlle Servance, à Neuilly-sur-Seine.

« Ma chère demoiselle,

« En vérité, je ne vous comprends pas. Jeter au feu un exemplaire de Coppée ! exiger d'une jeune fille élevée dans le luxe, avec la liberté qu'il comporte à Paris, qu'elle porte des capelines du siècle dernier! Et parce qu'elle piétine un peu sur une de ces vénérables antiquailles, vous la gifflez! V'lan!... Permettez-moi de vous dire en toute franchise que c'est là un procédé odieux, pour ne pas dire plus. Vous croyez-vous donc encore au temps où l'on fessait les enfants pour les obliger à se mettre le rudiment dans la cervelle? Tant de claques par déclinaison; tant de verges par conjugaison. La torture appliquée à l'enfance pour la plus grande gloire du maintien de l'autorité dans la maison. Et quelle autorité? Il ne s'agit ici ni d'attentat à votre dignité, ni même d'attentat au respect qui vous est dû. Voilà-t-il pas un beau crime qu'a commis Marie-Georgette en refusant de mettre un chapeau peu seyant! Car je vous connais, mademoiselle, je suis convaincu que vous avez voulu lui imposer quelque affreux casque à mettre en fuite la mère Gigogne elle-même.

« Passe encore pour cela! pour le soufflet, non.... non, car ces manières ne sont ni de notre monde, ni de notre époque. La dignité humaine et la philosophie réprouvent ces brutalités... Non, encore non, surtout, parce que, nommé par le conseil de famille aux hautes et difficiles fonctions de tuteur, je ne souffrirai point que ma pupille soit maltraitée, même par vous.. Je me contente de prendre acte pour cette fois : mais

si une plainte du même genre me parvenait, rappelez-
vous que le devoir dont j'ai accepté la charge me
forcerait à réunir le conseil et à lui soumettre le cas.
Je suis certain qu'au fond vous êtes désolée de votre
mouvement : car je sais bien que chez vous l'éner-
vement précède l'élan du cœur. Et dans votre for
intérieur, vous souhaitez que Marie-Georgette des-
cende de sa chambre et se jette dans vos bras, afin de
pouvoir la serrer sur votre sein et l'embrasser à votre
aise. Aussi, vous répété-je que vous faites fausse
route, oublieuse que vous êtes du tempérament de cette
enfant. Elle a été non gâtée, mais choyée par sa mère,
par son père, par la fortune. Les robes que vous lui
faites porter la froissent. Votre austérité la glace.
Votre inflexibilité l'exaspère. De grâce, vous qui l'aimez tant ! au nom de cet amour tout maternel, faites
plier un peu votre règle, Marie-Georgette vous en saura
un gré immense et vous rendra son amitié.

« Donc, c'est entendu, n'est-ce pas ? Maintenant,
afin que la transition ne vous soit pas trop brus-
que, et aussi afin de ménager les susceptibilités,
je pense qu'il serait bon que Marie-Georgette allât
faire un petit voyage à Montmeillien. Vous connaissez
le caractère de Reine-Elisabeth, la haute intelligence
de Mme de la Roche-en-Brenil. Nul doute qu'après
quelques semaines passées en ce milieu adoucissant,

Marie-Georgette ne vous revienne calme et disposée à accepter le nouveau joug, plein de douceur, que votre tendresse lui préparera pendant ce temps.

« Croyez, chère amie, à la cordialité de mes sentiments affectueux.

« DORVILLEUX. »

VIII

A Monsieur Dorvilleux, à Montbron.

« Cher Monsieur,

« Votre scepticisme doucereux cache mal votre malveillance. Vous ne croyez pas, je pense, un seul instant que je sois dupe des protestations que vous ajoutez à votre lettre, après l'insigne flagellation que vous osez m'adresser. Jour de Dieu ! me morigéner, moi ! parce que j'ai châtié, comme elle méritait de l'être, une morveuse qui m'a répondu comme on ne répond pas à une laveuse de vaisselle. Oui-dà ! je l'ai giflée. Je le dis hautement, à la face de tous. Mieux encore, je l'écris. Et le jour où le conseil de famille me demanderait des comptes à ce sujet, je suis prête à en rendre, et de bons, en répétant à haute voix l'outrage que Marie-Georgette m'a jeté à la face, à moi, qui lui prodigue des soins de mère, qui l'entoure de prévenances, qui la comble de bienfaits ! Je ne fais pas assez, sans douté, et je dois me laisser traîner sous les pieds. Le système des hommes est là, tout entier. Quand ce n'est pas leur dignité qui est en jeu, par exemple !...

« De grâce, vous qui l'aimez tant ! au nom de cet « amour tout maternel que vous lui-portez, faites plier « un peu votre règle, Marie-Georgette vous en saura « un gré immense et vous rendra son amitié ! »

« Le conseil est parfait. C'est à moi d'obéir, de m'incliner devant ma nièce, de lui demander conseil sur la direction des affaires, d'exécuter les ordres qu'elle daignera me donner. Le monde renversé !... Je voudrais bien savoir où et comment vous, célibataire endurci, par suite égoïste par excellence, vous avez pu trouver le critérium de l'éducation, vous qui n'avez jamais eu d'enfants et qui ne vous doutez même pas de ce que c'est que d'élever une créature humaine. Ah! je dois transformer ma méthode !... Sans doute pour adopter la vôtre. Et elle est jolie, la méthode Dorvilleux. Son mérite consiste précisément à n'exister point.

« Laissez faire, laissez passer... comme en matière commerciale, théorie du libre-échange... Me prenez-vous pour une bête, monsieur Dorvilleux? Cela doit être, puisque vous êtes un homme.

« Vos congénères ayant pris tout l'esprit pour eux, il n'en reste plus, je dis la parcelle la plus mince, l'atome le plus microscopique pour servir au subjectif élément féminin.

« N'empêche qu'en ma jugeote, où soixante années de malheurs ont mis pas mal d'expérience pratique, je comprends ceci à merveille : Les enfants au-dessous de vingt et un ans, — vingt et un ans, parce qu'il faut une limite générale, — sont reconnus et tenus pour avoir besoin de direction et de conseils.

« Or, qui dit direction, dit discipline. Le fait est si vrai, que le père mort, on ne trouve pas trop du concours de six individus, sans compter le juge de paix, pour faire un homme ou une femme de l'orphelin laissé en bas âge. Puis, comme six hommes réunis sont plus capables qu'une femme, ils en choisissent précisément une pour se décharger des tracas qui leur incombent, c'est logique. »

« Il est vrai qu'ils lui mâchent la besogne et lui écrivent des lettres de pontife, dans lesquelles ils leur indiquent de quelle manière il faut s'y prendre. Point de commandement. Point de direction. Point de coercition. La nature seule doit agir, afin de laisser à l'enfant le loisir de devenir une originalité. Moi qui ne suis qu'un être inférieur, je me demande — puisqu'il ne faut ni direction, ni commandement, ni autorité, ni coercition, — pourquoi l'on prend la peine de déranger six personnes, trois du côté paternel, trois du côté maternel, et un magistrat par-dessus le marché, pour diriger, commander et élever l'enfant.

« Du moment où la nature doit agir seule, il n'y a qu'une chose à faire : s'abstenir complètement. Ce serait beaucoup plus simple. Méthode Dorvilleux !... Très commode en vérité et en parfait accord avec l'égoïsme et la paresse. En s'abstenant : plus de droits, partant plus de devoirs. L'un et l'autre sont si fatigants ! Même si le pupille offense le tuteur, si la nièce injurie la tante, c'est le tuteur qui baissera la tête... c'est la tante qui demandera pardon ! Il faut laisser faire la nature... Ce n'est pas ma manière. En un mot comme en mille, si ce cas se représente, je vous donne ma parole que je recommencerai.

« Quant à votre insinuation au sujet d'un voyage à Montmeillien, elle est percée à jour. De deux choses l'une : ou Marie-Georgette doit demeurer avec moi et je mènerai à bien, en dépit de vous-même et du conseil, l'éducation si mal commencée par ses parents : je redresserai son humeur acariâtre, je forcerai au travail sa nature indolente, je ramènerai vers les choses pratiques son esprit égaré à travers les rêvasseries, et je transformerai une mijaurée vaniteuse et têtue en une femme de ménage plus soucieuse de sa cuisine et de son linge que du dernier roman paru ; en préférant à mes leçons celles de la haute intelligence de Mme de la Roche-en-Brenil, vous l'enverrez près de cette émule de Mme Campan qui lui inculquera les principes de Rousseau, et pour commencer lui mettra entre les mains des romans naturalistes. Point.

« Dans l'avenir, car tenez pour certain que si Marie-Georgette sort de chez moi, ce sera pour n'y rentrer jamais, ou j'élèverai ma nièce comme ma fille, en bonne mère de famille, ou je ne m'en mêlerai point.

« Croyez à la sincérité de ma décision et rappelez-vous que je ne suis jamais revenue sur une parole donnée.

« CLÉMENTINE SERVANCE. »

IX

A Mademoiselle Marie-Georgette Labbé-Servance,
à Neuilly-sur-Seine.

« Ma chère enfant,

« J'ai reçu hier et médité la lettre de ton tuteur, et ta « Queen Bess » vient de me communiquer les tiennes. Elles sont celles d'une enfant qui se croit un peu plus malheureuse qu'elle n'est en réalité, qui se fait un monde des plus petites choses et un enfer des événements qui l'entourent. Je ne répondrai pas à la demande que tu me fais de donner mon appréciation sur la conduite de Mlle Servance : premièrement, parce que chacun est maître de ses procédés d'éducation; secondement, parce qu'il ne m'appartient point de juger un fait dégagé des mille détails qui l'ont occasionné, soit en aggravant son importance, soit en en diminuant la portée.

« Note que je ne demande pas mieux que de te recevoir ici. Mon affection pour toi est celle d'une mère pour sa fille, Elisabeth t'adore et mon fils n'éprouve pour toi que de la sympathie. Trois raisons pour que nous fassions bon ménage.

« Toutefois, je tiens auparavant à faire nos petites conditions, non à cause de moi, mais à cause de mes enfants. Tu dois être une personne raisonnable, puisque tu te targues de l'être et que tu revendiques les prérogatives attachées à cet état. Je puis donc te parler à cœur ouvert.

« Ici la vie est calme et douce, je tiens essentiellement à ce qu'elle ne soit pas troublée. Le bonheur n'étant que la conséquence de la vie qu'on sait se faire, j'ai arrangé la nôtre, en la basant sur la discipline. Ce propos amène un sourire de doute sur tes lèvres. Il est cependant exact. Je ne suis pas une « J'ordonne » comme tu affirmes qu'est ta tante, mais je tiens à ce que l'on m'obéisse, d'autant plus que les deux êtres que j'ai à diriger sont difficiles à manier en ce qu'appartenant à un sexe différent, je dois parler à chacun d'eux le langage qui lui convient. Je m'explique, ou si tu préfères, je complète ma théorie. Pour parler à chacun ce langage particulier, il est de toute nécessité que les pourquoi intempestifs soient bannis. Ce n'est pas que je me refuse aux explications; tu me connais assez pour le savoir; mais je tiens essentiellement à ce qu'elles ne me soient adressées que dans le particulier et non en présence des membres qui composent ma petite république, sans quoi je risquerais fort de sortir malgré moi du cadre que je me suis tracé, de parler plus que je ne voudrais pour les uns et pas assez pour les autres, et de compromettre l'œuvre à laquelle je me suis vouée, — et qu'à force de patience et d'énergie j'ai réussi à mettre sur pied. Tu saisis bien ma pensée, n'est-ce pas? et tu comprends bien qu'il ne s'agit ici ni d'exiger la passivité absolue, ni de heurter la liberté du langage et de la pensée. Ma prétention se borne à demander du tact, de la discrétion et de la retenue.

« Ce long préambule n'est pas pour t'effrayer, ma chère enfant, non plus que pour te décourager. Je suis même fort heureuse que tu aies pensé à nous; seulement... seulement, tu sais toi-même qu'à un cœur d'or, une générosité de caractère à faire honneur à un héros mythologique, un enthousiasme entraînant pour les arts et tout ce qui est élévation de l'âme, tu joins une indomptabilité, — je crée ce néologisme pour ne pas te froisser, — et une âpreté qui dénaturent et effacent souvent, pour les indifférents, toutes ces excellentes qualités qui font que nous t'aimons tant.

« Pour me résumer, si tu crois pouvoir obéir à la règle de la maison, bien moins sévère que celle d'un couvent, et si tu veux t'y soumettre, — car c'est la condition *sine quâ non*, — nos six bras te sont ouverts et nos trois tendresses t'attendent pour te faire oublier ce que mon ultimatum peut avoir de cruel pour ta petite *Tête de fer*.

« Je t'embrasse de tout cœur,

« J. DE LA ROCHE-EN-BRENIL. »

« *Post-scriptum*. — Au moment de mettre sous enveloppe, je reçois une lettre de M. Dorvilleux, ton tuteur. Sa bonhomie et sa philosophie ont été bien éprouvées par toute cette histoire, et l'on sent que l'excellent homme est à la fois désolé et furieux. Il me demande, lui aussi, à ta prière, de te faire une place près de Reine-Elisabeth. Je lui réponds, ce que je réponds à toi-même, en lui donnant les mêmes motifs, et en lui confirmant que cela dépend absolument de toi.

« J. R. B. »

X

A M. Dorvilleux, à Montbron.

« Mon cher, mon excellent tuteur,

« Je suis d'une joie, d'une ivresse, telles que les anges, les archanges, les séraphins, les trônes et les dominations de ma tante Servance ne peuvent en avoir de plus parfaite au Paradis. Grâce à vous.

« Depuis que je suis à Montmeillien, en guise de rebuffades, je n'entends que des choses gracieuses ; et les visages, au lieu d'être allongés de plusieurs aunes, comme celui de la tante gracieuse Mlle Servance, me sourient doucement et les yeux ont des éclats de franche et loyale amitié qui vont droit au cœur et le conquièrent d'assaut.

« Les détails de ma toilette ne sont plus odieusement contrôlés. Mme de la Roche-en-Brenil, qui sait ce que c'est qu'une jeune fille, elle ! parce qu'elle l'a été et parce qu'elle en a une qu'elle aime tendrement, au contraire de l'ordonnance de Neuilly-sur-Seine, que papa aurait certainement comparée à celle du 2 novembre 1833, pour la vétilleuse, pointilleuse et taquine mesquinerie, tient à ce que Queen-Bess et moi nous nous formions à choisir ce qui nous convient le mieux; car, dit-elle, un des mérites de la femme consiste à savoir se parer, en évitant l'excentricité et apprenant la science des nuances que commande cette coquetterie de bon goût, élégante et correcte, qui est l'apanage de la femme comme il faut. Aussi, plus de capeline datant de l'an X.

« N'étant plus commandée comme un soldat de deuxième classe, j'ai spontanément montré mon modèle de chapeau à Mme de la Roche-en-Brenil, en lui demandant conseil. Mon excellence tutrice officieuse m'a félicitée sur mon goût. Eh bien ! c'est justement le même que Mlle Servance me refusait. Une paille à jour garnie de roses de mai. Quant aux bas de laine, aux souliers à double semelle et à l'éternelle robe de mérinos noir à taille ronde et montante... tout cet arsenal laid et vieillot a été mis au rancart dès le premier jour par ordre de Mme de la Roche-en-Brenil. Pas un mot sur la manière de ma tante ne lui a échappé, elle est si discrète ! mais elle a souri, lorsque Queen-Bess a déclaré, tout outrée, que c'était une honte de condamner une jeune fille de seize ans à revêtir cet accoutrement ridicule. Pour qui la connaît, ce sourire était une condamnation. De joie, j'ai embrassé ma Queen-Bess avec une effusion, qu'elle m'a marqué qu'elle comprenait, en me rendant mes baisers avec transport.

« Ce n'est pas tout. Au lieu de vivre en recluse, je sors. Vraiment, oui, je sors. Quoique nous vivions ici au grand air, comme si ce n'était pas assez des parfums balsamiques du parc et des émanations sylvestres de la forêt, nous courons le pays comme des vagabonds de bon ton, respirant à pleins poumons cette vivifiante atmosphère bourguignonne qui met peut-être un peu trop de coloris et de hâle sur les joues ; mais qui, en revanche, refait en huit jours tout ce qu'une séquestration systématique peut avoir causé de préjudiciable à une jeune fille.

« N'allez pas croire, cependant, que nos voyages soient inutiles. Ils sont, au contraire très sérieux. Ne riez pas, je vous prie, mon cher tuteur. Nos voyages ont pour but des visites archéologiques. Ce qui fait que je visite le département en compagnie de la science, laquelle est représentée ici par les neveux de Mme de la Roche-en-Brenil, MM. de Lomagne. Trois jeunes gens d'une correction sans égale et d'une courtoisie toute française. L'aîné, M. Martial, se destine à la magistrature : c'est un géant qui aime toutes les sciences ; le second, M. Jean, qui peint à ravir, m'a déjà proposé de me faire mon portrait, avec votre agrément et celui de ma tante ; le troisième enfin, M. Marc, un archéologue enragé, qui pour ne voir chez l'homme d'autre fin que la science, n'en est pas moins un cavalier accompli, comme on disait jadis, et prouve que l'on sait aujourd'hui allier les bonnes façons aux ronces des préoccupations de cabinet.

« Pour Fernand, il est délicieux, tout simplement. Entre lui et Queen-Bess, c'est un perpétuel combat, pour savoir qui des deux me procurera un plaisir ou une distraction. Le soir, nous faisons quelques tours de valse... une horreur défendue, abhorrée à Neuilly! et Mme de la Roche-en-Brenil ne laisse pas de temps à autre d'y jouer un rôle actif, quoique d'une manière générale et pour nous laisser un loisir plus grand pour notre sauterie, elle tienne plutôt le piano avec un entrain de mère enjouée et une patience inaltérable de pianiste payée.

« A chaque repas, Queen-Bess et moi nous sommes chargées tour à tour des honneurs de la table, afin de nous préparer pour plus tard aux devoirs si difficiles qui nous incomberont. Vous voyez qu'ici l'on joint l'utile à l'agréable. Quand je vous disais que c'était le paradis.

« Je vous embrasse en vous bénissant, mon bon tuteur,

« Votre

« MARIE-GEORGETTE. »

XI

A Monsieur de Paleçon, substitut du Procureur de la République, à Nice.

« Mon cher ami,

« Toi qui vis sous le ciel bleu de la plus belle des villes du littoral de la Méditerranée, en pleine poésie, et qui n'as d'autre souci non plus que d'autre bonheur, que d'aller rêver à quelque question de droit sous les bosquets d'oranger ! toi qui ne penses qu'au prochain réquisitoire sur lequel tu édifies d'avance ta gloire et ton avancement, tu ne devinerais jamais quel élément malfaisant vient presque de bouleverser ma vie.

« Ah ! les plus petites choses sont bien souvent de grosses pierres d'achoppement ! Imagine-toi que Marc nous a entraînés, Jean et moi, à sa suite dans une excursion archéologique à travers le département de la Côte-d'Or. Quoique je ne sois pas fou de cette science, j'ai accepté des deux mains, cette promenade de vacances me permettant et me promettant un séjour agréable auprès de ma tante de la Roche-en-Brenil, pour laquelle, tu le sais, je professe autant d'amitié que d'admiration.

« J'ai retrouvé, à Montmeillien, Fernand toujours taquin, pas mal emporté comme jadis; Reine-Elisabeth grandie, devenue femme, tout emplie de ce charme, de cette douceur, de cette lucidité, de cette élévation d'esprit qu'elle tient de sa mère. Tout de suite, je me suis trouvé reconquis par cette atmosphère aimable que je n'avais guère eu le temps d'oublier et que je trouvais plus attirante encore qu'autrefois; et puis... j'ai fait comme toi, cher bûcheur, je me suis remis à travailler, pour préparer mes débuts comme juge de première instance. Le Droit est si vaste qu'on ne saurait trop l'approfondir, et ce sacerdoce auquel je voue ma vie entière est si grandiose qu'au moment de franchir le dernier pas, j'éprouve des mouvements d'hésitation, d'effroi.

« C'est chose si grave que de juger un prévenu! de se trouver pris d'un côté par la logique précise, mathématique, incontestable d'un procureur de la République parlant au nom du Droit, de la Morale, de la Loi, et empoigné d'un autre côté par l'éloquence entraînante de l'avocat qui invoque la faiblesse et l'imperfection de la nature humaine, en ajoutant mille considérants qui jettent l'hésitation et le trouble dans le cœur. Que la magistrature est imposante et majestueuse! Qu'elle met de terreur en l'âme de ceux qui la désirent!

L'esprit agité par cette trop longue veillée d'armes, tu penses si j'étais heureux du calme de la maison de ma tante et de la douceur de nos réunions de famille, où, dans chaque causerie, je pouvais m'ouvrir. Chaque soir au retour de nos courses mondainement scientifiques de la journée, après une conversation intime, je me retirais dans ma chambre, soulagé par le rassérénement que ma tante sait verser dans la conscience la plus timorée. J'éprouvais dans ce foyer resserré par l'affection une quiétude berçante dont mon état psychique se trouvait élevé, développé, et ma raison pour ainsi dire meilleure, sans doute parce que ma tante ne sépare jamais les raisonnements les plus abstraits de la finesse de sentiment. Et voilà qu'au beau milieu de cette cure merveilleuse, en plein recueillement, il nous arrive, en obus, une jeune évaporée, amie de Reine-Elisabeth, qui bouleverse la maison de la cave au grenier, se jette à tort et à travers, avec une vivacité soldatesque qu'elle tient de son militaire de père, au milieu des épanchements les plus empreints de philosophie, raillant impitoyablement la gravité, et ne vivant que pour parler chapeaux et fanfreluches. Adieu les heures de resserrement !

« Depuis l'installation ici de la demoiselle Marie-Georgette Labbé-Servance, le vacarme et la folie ont mis en fuite les choses sérieuses. Oh l'être désagréable !

elle n'en parle que pour les remettre au lendemain. Un lendemain qui est toujours celui de l'aujourd'hui courant.

« Reine-Elisabeth, qui en est férue, est sans cesse avec elle, de sorte que j'ai dû laisser en plan les commentaires d'un point de droit romain que j'avais commencé à lui développer.

« Jean, le toqué de la famille, s'en amuse, tandis que j'en souffre. Ce garnement qui finira, j'en ai peur, dans la peau et dans l'impénitence finale d'un bohème, trouve du cachet à cette névrosée et prétend qu'elle est un des plus jolis spécimens psychologiques qu'il soit donné à l'homme de disséquer. Et là-dessus, il rit. C'est un genre de distraction qui m'écœure. Que l'homme de lettres, le philosophe ou le magistrat étudient la nature humaine, qu'ils la passent au scalpel, soit, l'essence même de leurs études les y obligent. Mais, vois-tu ce galopin de rapin! qui ne trouve là que matière à se désopiler la rate! Il déclare plaisante cette jeune fille, qui bat en brèche tout ce qui est respectable, qui professe la licence dans la famille, et qui a quitté sa tante parce que celle-ci voulait lui enseigner à devenir une femme.

« Pour un peu, s'il osait, il prônerait avec elle l'indépendance de l'éducation américaine, échafaudée sur le très édifiant sans-façon avec lequel la fille parle à la mère et le fils traite d'égal à égal avec le père. Un enfer, te dis-je, un enfer! Joins à cela qu'elle vous a des espiègleries fines et délicates. Elle cache mes livres sous prétexte que je ne suis pas à la campagne pour travailler et que je me fatigue le cerveau au point de gagner une méningite, à avoir le nez toujours fourré dans le fatras de mes bouquins.

« Fatras! Bouquins! l'œuvre du Code expliqué dont j'ai mis trois volumes dans ma valise. Ah! je comprends que Mlle Servance, sa tante, n'ait plus voulu d'elle...

« Et n'espère pas que ce martyre ait une fin. Mme de a Roche-en-Brenil s'est mis en tête de garder cette orpheline rebelle. De telle sorte que me voilà affligé d'une cousine à la mode de Bretagne, pas du tout de mon goût, qui si cela continue va me faire prendre en grippe le séjour aimé de Montmeillien. Plains-moi.

« Ton

« MARTIAL. »

XII

*A N. Emile Gabriel, élève de l'Ecole des Beaux-Arts,
115, rue de l'Abbaye, Paris.*

« Mon vieux,

Mon bon ami je prends la plume,
Qui restait après mon chapeau ;
Et pour t'écrire ce volume,
Je la taille avec mon couteau.

« Faut bien tenir sa promesse, n'est-ce pas? Foi de gentilhomme! comme disait le roi-chevalier, que nous vénérons toi et moi, sans pour cela cesser d'être de bons républicains, à cause de son amour pour les belles-lettres et les arts ; foi de gentilhomme ! j'ai de quoi te faire rire. Tu sais notre départ. Ton serviteur encadré entre un ami, futur président de chambre, faute de pouvoir l'être à moitié, et un archéologue, c'est-à-dire un être à part, d'espèce rarissime, qui pontifie à vingt ans comme une vieille baderne de septante et tant. Ça promettait d'être, au château de ma tante, d'une gaîté funèbre.

« La douairière de la Roche-en-Breuil, qui à cause de sa beauté titianesque devrait appartenir encore au monde, qu'elle déserte, est une manière de philosophe femelle, par suite, l'idole adorée, de mon très aimé et très vénéré frère Martial. Ce géant est, tu le sais, un aussi grand anachronisme par la taille que par l'esprit. Quand lui, ma tante et Marc, sont ensemble, l'archéologie est sassée et ressassée sous toutes ses formes ; puis, Martial s'épanche. Ah! mon ami! philosophie et droit, droit et philosophie. Moi, retiré en mon coin, je bâille à me décrocher la mâchoire. D'autant chacun écoute poliment les divagations savantes de M. le président. Du Werther appliqué à l'exercice de la magistrature. Mon pauvre Martial! Il ne prononce pas une syllabe sans proclamer qu'il est désolé de revêtir la toge. C'est si délicat... Eh morbleu ! si cela l'ennuie tant, qu'il la lâche, sa toge, et sa toque par-dessus le marché.

« Mais il en serait bien fâché. Songe donc ! il lui faudrait abandonner le genre ennuyeux. Tu crois que j'exagère ! Misère et corde ! voici la preuve. Mon Martial, qui accapare ma cousine Reine-Elisabeth, comme il accapare ma tante et Fernand, n'a-t-il pas entrepris de lui faire un cours de droit ! Un cours de droit à une jeune fille de dix-sept ans ! Non, tu sais, on n'est pas si magistrat que ça ! Le pire est que Reine-Elisabeth se complaît à l'écouter. C'est renversant. Il faut que le Jutin qui a présidé à la naissance de Celse ait présidé méchamment à la sienne. J'enrageais. Je me sentais mourir de consomption. Et il me venait des velléités impérieuses de t'écrire de m'envoyer des croque-morts pour me mettre en bière avant ma dernière heure, afin de rire encore une fois sur terre. J'allais y céder lorsque les Elfes protectrices du rapin en général, et des élèves de la classe Cabanel en particulier, envoyèrent à Montmeillen un génie sous la forme d'une ravissante et aimable jeune fille.

« Permets que je te présente Mlle Marie-Georgette Labbé-Servance. La propre fille du colonel qui s'est illustré à Villafranca, mon cher. Rien que cela. Une blonde, d'un blond d'épi, à faire rager Cabanel lui-même, avec une échappée vaporeuse de fils d'or comme celles qui entourent les figures de Murillo; des yeux bleus ; une peau fine comme de la porcelaine de Sèvres rosée ; une oreille ourlée par l'esthétique elle-même... Une véritable aubaine de peintre. Aussi lui ai-je tout de suite demandé à faire son portrait. Nous le commencerons quand son tuteur aura dit oui. Avec cela un air mutin, et un esprit... un esprit de peintre, quoi !

« Aussi, depuis son arrivée, je ne m'ennuie plus. La gaillarde! Elle ne laisse pas passer un jour, que dis-je? une heure, une minute, sans tarabuster ferme le président, le droit, la philosophie. Martial en perd la tête. Ce matin elle lui a caché je ne sais quelle atroce épave du quai Malaquais dans laquelle il puise des paradoxes pour « piger » plus tard les malheureux qui lui passeront sous la main. A déjeuner, il y a eu une scène épouvantable.

« — Mademoiselle, je veux mon Code.

« — Monsieur, je ne l'ai pas!...

« Pardieu! Martial croit-il qu'elle a un in-quarto dans sa poche. Dieu, qu'il est bête, mon frère! Le meilleur est que la gaîté de Marie-Georgette déteint sur Reine-Elisabeth et sur la douairière. C'est une cascade sonore et perpétuelle de rires frais et emperlés. Martial en sèche sur pieds. Marie-Georgette adore la couleur, — les jolies robes et les rubans gracieux, par conséquent. Et elle jabote de ce qu'elle aime, et patati et patata... Martial ne trouve plus une place pour glisser ses graves sornettes, plus une fissure pour insinuer le moindre sermon. Pour sûr, si ça continue, il va tomber malade. Qui sait? Mourir peut-être d'un discours rentré... Quelle épouvantable chose qu'un jeune homme sérieux!

« En attendant, notre Martial président ne dérage pas. Un instant, j'avais suspendu ma lettre à cause d'un hutin mené au salon. Je suis descendu en jouir, en dépit de mon désir de ne pas te lâcher. J'en ris encore.

« Imagine-toi que ma tante ou Reine-Elisabeth, je ne sais trop laquelle des deux, a reçu, outre un envoi du Louvre, deux ou trois ballons réclames. Or, qu'a fait notre espiègle? Sans doute pour priver Martial de l'endévement patriarcal qu'il lui a fait subir à déjeuner, elle s'est glissée derrière le fauteuil d'osier dans lequel monsieur mon frère sieste doctement au sortir de table, sur la terrasse, sous prétexte de recueillement laborieux. Et, bien gentiment, armée de deux ballons amarrés ensemble à la façon de boulets ramés et pourvus en outre chacun d'une ficelle terminée par un hameçon, elle a fort irrévérencieusement accroché les susdits hameçons l'un à la calotte, l'autre à la

II   4

ganse du pince-nez du président. Sitôt fait, sitôt lâché.
Les ballons montent. La calotte s'envole, nacelle d'un
nouveau genre, et Martial lui-même se réveille sous le
coup des secousses que la ganse de son lorgnon lui
imprime.

« Tu juges de l'hilarité générale, et je t'assure, mon
vieux, que le moins hilaire de tous n'était pas le sous-
signé. Pour la forme, ma tante a simulé une fâcherie du
bout des lèvres, mais l'espiègle petite blonde ne s'en
est pas plus souciée que d'une guigne, et sa jovialité
était si franche, et de si plein cœur, qu'en dépit du
froncement de sourcils de monsieur le président qui
essayait un regard olympien, nous sommes tous partis
d'un éclat de rire à l'unisson, rire tellement contagieux
que Martial lui-même n'a pu y résister, que dans la
maison voisine où l'on nous entendait, on n'a pas pu se
contenir plus que nous, et qu'enfin de proche en proche,
dans toute la rue on a dû se tenir les côtes. On parlera
longtemps à Montmeillien de l'aventure.

« Marie-Georgette riait comme une folle. Queen-Eli-
sabeth en faisait autant. Jusqu'à ma tante qui s'esclaffait
jusqu'aux larmes.

« Ah! si tu avais vu la fureur du président!... Inénar-
rable, mon cher! Il n'existe en aucun lieu du monde,
pas même chez Pasteur, un hydrophobe plus furieux
que lui tout à l'heure.

« Il en perdait si bien la tramontane qu'il s'oublia jusqu'à dire :

« — On ne se moque pas ainsi d'un magistrat.

« Là-dessus mes deux folles de rire plus fort et plus haut. Ma tante aussi. Ce que voyant, le président, indigné, s'est levé et a été promener sa vanité blessée dans le bois.

« Je te quitte pour croquer cette scène pendant que je la tiens dans l'œil et dans la main.

« Que Dieu t'ait en sa sainte et digne garde.

« JEAN. »

XIII

M. Dorvilleux, à Montbron.

« Monsieur,

« Ce m'est une bien grande douleur, je vous assure, que de vous écrire, et de vous écrire pour un motif grave et aussi avec le ferme propos de ne point revenir sur une décision prise.

« Je dois reprendre les choses de haut.

« Dès l'arrivée de Marie-Georgette à Montmeillien, nous avons été en fête, tant à cause d'elle que de MM. de Limagne, mes neveux. Votre pupille n'avait pour personne que des attentions qui me faisaient penser, en mon for intérieur, que certainement Mlle Servance avait exagéré les choses et pris un peu trop au tragique ce qui n'était que les travers d'une petite fille contre lesquels des parents trop aimants avaient eu la faiblesse de ne pas réagir ouvertement et avec fermeté.

« Mon préambule vous étonne et vous peine, je le sens.

« Hélas! monsieur, je ne suis pas sans aimer Marie-Georgette, qui a de très grandes qualités et qui est l'amie de mon Elisabeth ; mais la situation est devenue si grave, si tendue, qu'il est impossible que... la plume me tombe des mains et mes yeux se mouillent de larmes, Monsieur, au moment d'achever!... il est impossible que je la garde à Montmeillien.

« Croyez bien que je n'ignore rien des enfants, et surtout des jeunes filles! Soyez persuadé que je mets tous mes soins à adoucir toutes les aspérités et à ne pas m'apercevoir de ces mille riens auxquels il est nécessaire qu'une bonne mère sache fermer les yeux..... Mais si je sais faire la part des choses, de la fringance juvénile et de la fébrile irritation qui anime la transformation de l'enfance en adolescence, il est une chose que je ne saurais tolérer : la rébellion.

« Avant-hier soir, nous étions réunis en famille, au salon. Dans un angle de la pièce, Martial de Limagne, mon neveu, — un jeune homme peut-être un peu sérieux pour son âge, — jouait aux échecs avec Fernand. Selon son habitude, Marie-Georgette s'en vint près d'eux, pour taquiner la gravité de Martial et aussi pour commencer une discussion avec mon fils. Il faut vous dire à ce sujet que, depuis quelque temps, Fernand et elle ne passent point de journée sans se disputer au moins deux ou trois fois.

« Sur un coup douteux, Marie-Georgette prit si vertement parti contre Fernand que celui-ci, d'un naturel assez vif, répondit sur le même ton. Marie-Georgette entra dans une colère épouvantable ; et, mue par je ne sais quel mouvement d'extraordinaire impatience, elle ramassa les pièces et les jeta à la figure de mon fils.

« Fernand, furieux à son tour, se leva et se retira au salon, sans prononcer un mot.

« J'aurais peut-être réussi à arrêter les choses, si elles ne fussent allées plus loin. Mais ce n'était là que le préambule d'une tempête domestique.

« Sur mon ordre, Marie-Georgette s'était retirée dans sa chambre ; et moi-même, une heure après, je montai près d'elle, pour lui faire la morale, et lui démontrer combien sa violence était peu en harmonie avec la modestie dont une jeune fille bien élevée ne doit jamais se départir.

« Tant que dura mon discours, Marie Georgette, qui était très pâle, ne desserra pas les dents. Les yeux fixés en terre, elle écoutait.

« Lorsque j'eus fini, je lui déclarai que, bien certainement, elle avait fait beaucoup de peine à Fernand, et que pour faire la paix, elle lui devait, ayant tort, une réparation. Oh pas bien difficile!... De lui tendre la main, le lendemain, dès qu'elle le verrait, et après un vigoureux *shake-hand*, de lui proposer une partie de jeu quelconque.

« — Moi! s'écria-t-elle en éclatant. Moi! faire des excuses, jamais!

« — Ce ne sont pas des excuses, mignonne, lui répondis-je, puisque tu n'ouvriras pas la bouche sur l'incident de ce soir. Une simple démonstration qui prouvera à tout le monde que si tu as la tête trop chaude, tu es également un excellent cœur.

« Sur le ton raide que vous lui connaissez, et qu'elle prend chaque fois qu'elle se butte contre quelqu'un ou contre quelque chose, elle répliqua :

« — Voulez-vous me permettre d'y rêver cette nuit, madame?

« La voyant très agitée, j'y consentis. Je l'embrassai tendrement, heureuse de l'espoir qu'elle me donnait de s'essayer à se dompter et je me retirai.

« A peine étais-je sortie, — j'ai eu plus tard ces détails, — qu'elle eut une crise de rage sourde. Si bien que lorsque Reine-Elisabeth, qui guettait mon départ pour pénétrer dans sa chambre, entra, elle trouva

Marie-Georgette demi-nue, déchirant ses effets, lacérant tout ce qui se trouvait à sa portée. Que se passa-t-il entre elles? Je n'en sais rien encore.

« Mais ce qu'il y a de certain, c'est qu'au matin, étant descendue dans le parc plus tôt que d'ordinaire, j'entendis à mon insu, à travers une charmille, une vive discussion entre Reine-Elisabeth et son frère. Elle lui reprochait avec amertume d'avoir exigé de Marie-Georgette une démarche odieuse.

« — Des excuses! répétait-elle. Des excuses! une femme à un homme! Il faut ne pas avoir de cœur pour demander une chose pareille.

« — Mais maman m'a pris à part après la scène, se récria Fernand, il a été convenu entre elle et Marie-Georgette que ton amie me tendrait la main et qu'il ne serait plus question de rien.

« — Te tendre la main la première! Devant nos cousins! Jamais!... Jamais!... Jamais!...

« — Enfin...

« — Elle voudrait le faire que je m'y opposerais, entends-tu!...

« — Maman a décidé. Maman est la maîtresse... par conséquent il n'y a pas à y revenir.

« — C'est ce que nous verrons.

« — Tu résisterais à notre mère!

« — Si c'est nécessaire, oui.

« — Tu es folle!

« — Folle!... parce que je prends le parti du plus faible... parce que je prétends que la raison n'est pas toujours du côté du chef de la famille...

« — Maman, la justice en personne!...

« — Parce qu'elle te soutient, n'est-ce pas?

« J'avoue, Monsieur, qu'à ces mots je ne pus me contenir davantage. Je parus et j'intimai l'ordre à ma fille de monter chez elle en même temps que je lui défendais de paraître à table de la journée.

« — Au pain sec et à l'eau, ainsi qu'une gamine... Cela ne continuera pas longtemps ainsi. On ne traite pas des jeunes filles de la sorte, répondit-elle.

« Et elle disparut.

« Voilà, Monsieur, le résultat de l'entrée de votre pupille dans la maison. L'infiltration de l'esprit d'indiscipline, et un manque de respect de la fille envers la mère. J'en ai encore le cœur tout serré.

« Après cette longue lettre, il ne me reste plus qu'à vous prier de venir chercher Marie-Georgette à Montmeillien.

« Je vous attends.

« Agréez, Monsieur, avec tous mes regrets les plus vifs, l'expression de mes sentiments les plus distingués.

« J. DE LA ROCHE-EN-BRENIL. »

A Monsieur Dorvilleux, à Montbron.

« Monsieur,

« Ma mère vous écrit de venir.

« Pour l'amour du Ciel, retardez votre voyage... Marie-Georgette est dans un état à faire pitié... Ma mère est malade. Ma sœur est malade. Nous sommes tous malades, tant nous sommes affectés.

« Consentez à trouver un motif, une excuse, n'importe quoi ! pour que j'aie le temps d'arranger les choses et de guérir les blessures.

« Je vous en supplie, Monsieur, ne répondez pas à l'appel de ma mère, pour elle, pour Reine-Elisabeth, pour Marie-Georgette, pour moi.

« Je suis, Monsieur, avec respect,

« Votre dévoué

« FERNAND DE LA ROCHE-EN-BRENIL. »

A Monsieur Dorvilleux, à Montbron.

« Mais accourez donc, Monsieur !

« Sentiments distingués.

« J. DE LA ROCHE-EN-BRENIL. »

XIV

Montmeillien, le...

JOURNAL DE MARIE-GEORGETTE

Mon Dieu! mon Dieu!... Dans quelle horrible situation me trouvé-je? Les événements se précipitent avec une telle rapidité et une telle violence que j'en demeure éperdue.

J'ai la liberté et je suis prisonnière.

Mme de la Roche-en-Brenil a enfermé Queen-Bess dans sa chambre à double tour. Les trois Limagne m'évitent soigneusement. Fernand me fuit. Les domestiques eux-mêmes prennent à tâche de s'esquiver à ma vue... Comme si j'étais une pestiférée!... Comme si j'étais fille à m'abaisser à demander des renseignements à des... gens de maison.

Seule! seule! seule!... Je suis seule!

Dans ce grand château naguère si animé, aujourd'hui silencieux, assombri, lugubre à l'égal d'une vieille habitation seigneuriale déserte et tombant en ruines, qu'habiteraient uniquement des revenants et des fantômes, dans ce parc immense presque autant que celui de Saint-Cloud où je m'amusais tant jadis, à cette époque heureuse où j'avais encore des parents, je suis seule. Seule au milieu de six personnes et d'une douzaine de serviteurs.

A huit heures la femme de chambre m'apporte mon chocolat, à l'ordinaire, sans un mot. A onze heures, mon couvert est mis dans la salle à manger. On me sert. Toujours sans un mot. Le soir, à six heures, la table est encore dressée pour moi. Et toujours sans un mot.

Je suis en quarantaine. Bien certainement jusqu'à l'arrivée de M. Dorvilleux.

Ah! c'est atroce! C'est épouvantable! Odieux! Mille fois pire que chez ma tante Servance.

Pas une pauvre âme à qui parler, à qui me plaindre! Pas même un caniche!

Oh! être forcée, pour épancher le trop-plein de mon âme, d'écrire, de me confier à un papier inerte, stupide, qui ne prend pas part à ma douleur et ne me renvoie pas l'écho de mes sanglots. Je suis dans une rage...

Et tout cela à cause de ce Fernand. Quel fat! Quel jeune mal élevé! Et aussi quelle haine pour moi! Ses paroles sonnent encore à mes oreilles, avec une âcreté assourdissante de tocsin, relevée d'une ironie sanglante :

— Mais laissez-nous, de grâce, Marie-Georgette... vous ne savez ce que vous dites.

S'il avait été près de moi, je l'aurais souffleté pour lui apprendre, au lieu de lui jeter l'échiquier à la tête. Et avoir, après cela, le front d'exiger que je lui tende la main !

C'est égal, je n'aurais jamais cru Mme de la Roche-en-Brenil aussi faible pour donner raison quand même à son fils, pour me chasser de chez elle afin de demeurer béatement tranquille en son impartialité révoltante. Une mère aime son fils ! Mais pas au point de repousser, pour lui faire plaisir, l'amie de sa fille, la pauvre orpheline à qui elle avait tendu la main.

Que c'est donc beau les principes ! Ma tante Servance en avait. En leur nom, elle me brutalisait et me tyrannisait. Je devais me lever, manger, m'habiller, aller, venir, me coucher, et dormir par-dessus le marché selon la règle de cette supérieure laïque. Mme de la Roche-en-Brenil en a aussi, des principes. Elle m'accepte à son foyer, et d'un air doucereux et paterne, elle joue un petit rôlet de philosophe en jupons. A l'entendre, nul n'a le droit d'opprimer son voisin, sinon Fernand. Et pour le prouver, elle organise autour de moi la conspiration du silence.

J'ai écrit à mon tuteur de venir me chercher. Comme il tarde ! S'il pouvait savoir de quelle manière on me traite.

Ma tête se perd.

Ce silence m'étouffe.

Du bruit...

Elle!...

. . . .

XV

A Monsieur Émile Gariel, élève de l'Ecole des Beaux-Arts.

Je l'avais bien prédit que Martial mettrait le feu aux poudres avec son air de ne pas y toucher et sa manie de pontifier, *urbi et orbi.* Je te demande un peu quel plaisir raffiné ce futur premier président de cour trouve à vouloir faire pénétrer les ennuis mortels de l'éternelle Justice, c'est son mot! dans la vie réelle. Encore s'il était amusant! Ce serait parfait. Les gens tout d'une pièce sont des marionnettes qui font rire. Tu te rappelles nos esclaffements à l'Odéon, chaque fois que Perrin-Dandin mettait le pied sur la scène. Du moins celui-là, le modèle du genre n'était qu'un fou drôlatique. Pour mon frère, c'est plus sérieux, c'est un fou tragique. Tu crois que je blague!... Hélas! je n'en ai guère envie. J'éprouverais bien plutôt celle de lui administrer une fraternelle correction.

Imagine-toi que sa gravité est cause que cette pauvre petite Marie-Georgette va partir. Ma tante la met à la porte. Tu sursautes. Eh bien! oui, c'est comme cela! Et Martial est l'auteur de tout le mal.

En sa qualité d'homme sérieux, il fallait à ce sérieux jouvencel de vingt et quelques ans un jeu sérieux, pour délasser son sérieux esprit de ses sérieux travaux et de ses sérieuses préoccupations. Il a choisi les échecs. Parfaitement, les échecs.

« Dans le camp des êtres qui pensent, composé de moi, de Reine-Elisabeth et de Marie-Georgette, on ne tarissait pas sur les sottises du futur grand homme. Et tout en essayant de conquérir Fernand, qui, moitié par aversion pour Marie-Georgette, moitié par caractère grincheux, s'était rangé sous la bannière de mon aîné et de Marc le savant, nous escarmouchions chaque soir contre les échecs, les joueurs d'échecs et leurs attitudes silencieuses et hiératiques. Martial grognait. Mais pan! voilà que Marie-Georgette, à qui il ne manque que d'être peintre comme toi et moi pour être accomplie, monte une scie au cousin Fernand. Il se fâche, joue une pièce pour une autre et se laisse faire échec et mat. Il peste. Marie-Georgette le plaisante sur sa faute. Fernand se fâche tout rouge. Il répond à Marie-Georgette sur un ton hautain, persifleur, grossier, en homme qui aurait besoin de passer quelques mois à l'école pour apprendre à vivre. La petite, qui a la tête fort près du chignon, le relève. Fernand lui impose silence,..

« — Vous ne savez ce que vous dites...

« Marie-Georgette, hors d'elle, lui jette l'échiquier et les pièces à la tête. Reine-Elisabeth et moi nous nous mettons à rire de voir Fernand émerger au milieu d'une pluie de pièces blanches et noires. Et, vrai, il n'y avait que cela à faire, car Marie-Georgette, outre qu'elle avait raison, nous avait servi une scène joyeuse. Mais Martial était là. Depuis quelques jours, il se plaignait, faisait la leçon à ma tante. Si bien que celle-ci, à la vue de son dauphin coiffé, s'est mise en colère. Résultat : mise en demeure à Marie-Georgette de faire des excuses à M. le comte de la Roche-en-Brenil. La fille du commandant Labbé-Servance ne connaît pas ce mot-là. Elle a envoyé coucher ma tante. Martial s'est indigné. Il a évoqué Demolombe et toute la série des cuistres légiférants ; il a parlé de loi naturelle ; de nécessité pour les parents de commander et pour les enfants d'obéir. Il a souligné que Fernand étant le chef des la Roche-en-Brenil, malgré sa jeunesse, Marie-Georgette avait commis plus qu'un délit en atteignant la tête sacrée de mon auguste cousin... Il allait si bien qu'un instant j'ai cru qu'il allait mettre le droit d'aînesse en avant. Heureusement pour lui, il s'est borné à l'effleurer. Ma tante, convaincue, a écrit au tuteur de Mlle Labbé-Servance de venir chercher sa pupille. Reine-Elisabeth a voulu prendre sa défense.

« Ma tante l'a mise sous clef.

« Martial a déclaré que c'était bien.

« L'animal! le voilà bien avancé. Ma cousine au pain sec ainsi qu'une morveuse de huit ans, et sa petite amie, une orpheline, jetée dehors comme un chien galeux.

« Oh! je suis d'une rage...

. . . .

. . . .

« Au lieu de finir, je reprends. Ça se corse.

« Comme je t'écrivais pour soulager ma bile, et que tout en écrivant, je rêvais de quelle manière je pourrais être utile à ces pauvres jeunes filles, il m'a semblé voir une ombre passer dans le parc. Tu me connais. J'ai couru après l'ombre. Involontairement, pressentant que j'allais entrer dans le drame, en plein.

« Je courais ; mais l'ombre glissait silencieuse et rapide comme le vent. Etait-ce Marie-Georgette? Etait-ce Reine-Elisabeth? Impossible de voir. A la fin, l'ombre qui m'avait fait faire le tour du château a pénétré par une porte de derrière. Et, toujours glissante, m'a conduit à la chambre de Marie-Georgette. Pour n'être pas aperçu, je n'eus que le temps de me coller le long du mur au moment où mon ombre ouvrait la porte. Dans le coup de lumière qui l'inonda, je reconnus Reine.

« J'entendis Marie-Georgette s'écrier:

« — Elle !

« Puis le bruit de baisers passionnés.

« Le jour se lève. Le domestique monte à cheval pour porter les lettres à la gare. A tout à l'heure.

« Ton vieux copain,

« JEAN. »

Du même au même.

« Montmeillien, le...

« Je reprends.

« Alors, mon cher, ce fut une plainte tendre et douce que celle de Marie-Georgette. Elle racontait dolemment à son amie ses souffrances : la quarantaine dont mon frère a déclaré qu'il était correct qu'on la punît avant son départ, afin de faire un salutaire exemple.

« Jamais, je n'ai entendu une fauvette chanter aussi mélodieusement. Puis ce fut au tour de Reine-Elisabeth. Elle écumait comme une pythonisse sur son trépied, et s'exaltait à me faire peur.

« — Non, ma petite Marie, non, je ne t'abandonnerai pas... Je ne veux pas que tu partes. Si ma mère, qui m'a enfermée, qui m'a froissée en me menant comme une gamine, ne veut pas que je me jette dans un couvent, il faut qu'elle te laisse à moi. Sans condition. Le beau museau que celui de Fernand pour qu'une jeune fille lui fasse des excuses! Je l'ai dit à maman, qui a trouvé que je m'insurgeais et m'a enfermée à clef, sans cela, il y a belle lurette que je t'aurais jointe.

« Tout ce discours, pas tel que je l'écris : mais haché, douloureux, avec des répliques de Marie-Georgette très douloureuses aussi.

« A elles deux c'était un concert touchant et navrant.

« Ma cousine vaillante et chevaleresque. Marie-Georgette aussi chevaleresque qu'elle, refusant son dévouement.

« Mais où iras-tu, s'écria Reine-Élisabeth, si tu pars d'ici?

« — Je ne sais... où mon tuteur voudra!

« — Non, non, mignonne, tu es brouillée avec ton odieuse tante... ta place est ici.

« — Et ta mère?

« — Mère!... fit Reine-Elisabeth sur un ton que je ne lui connaissais pas encore. Oh! il faudra bien qu'elle lève la consigne.

« — Elle ne reviendra pas sur sa décision. Même si je consentais à faire des excuses à Fernand.

« Les voyant si éperdues l'une et l'autre, je me préparais à entrer pour leur dire que j'étais avec elles et qu'à nous trois, en nous concertant bien, nous aboutirions sans doute à quelque chose.

« Reine continua, répétant:

« — Il faudra qu'elle revienne sur sa décision, te dis-je. Il faudra, ou sinon...

« — Sinon? interrogea une voix sévère.

« J'eus un frisson dans le dos. Ma tante venait d'entrer dans la chambre de Marie-Georgette. Je n'eus ni le courage ni la force de m'en aller, quoique ma position fût difficile. Il était plus de minuit. Si quelqu'un m'eût rencontré rôdant, cela eût fait beau tapage. On n'eût pas manqué de m'accuser de faire partie d'un complot et Martial eût certainement déclaré et prouvé que bien certainement je poussais les deux jeunes filles à la rébellion.

« — Ainsi, mademoiselle, disait ma tante, ce n'était pas assez de me résister, de me manquer ouvertement de respect... Vous quittez votre chambre en en démontant la serrure, et vous venez retrouver Mlle Labbé-Servance, avec laquelle je vous ai défendu dorénavant toute relation.

« — Mère, répondit Reine-Elisabeth d'une voix altérée, mère! je t'en supplie, ne te fâche pas ainsi. Tu sais bien que je suis une fille très soumise... que je t'aime!...

« — C'est sans doute pour cela que vous êtes ici?

« — Mère! Marie-Georgette n'a plus que nous pour

famille. Tu sais qu'elle ne peut retourner chez sa tante. A quelle porte veux-tu qu'elle aille frapper?

« — Ai-je donc réclamé d'elle quelque chose de si dur. La main à Fernand et la proposition d'une partie d'échecs.

« — Y penses-tu? Des excuses... C'est impossible...

« — Impossible!...

« — Je n'en ferais pas, à sa place.

« — C'est toi, Reine-Elisabeth... C'est toi qui...

« — C'est moi.

« — Voilà votre ouvrage, mademoiselle Labbé-Servance. Grâce à votre exemple, ma fille oppose sa volonté à la mienne, ma fille est une insurgée.

« Jamais je n'ai vu ma tante plus majestueuse et plus indignée. Dans l'ombre qui me cachait, je tremblais, je n'avais plus une goutte de sang dans les veines, tant j'étais ému par le crépitement de ces colères féminines.

« Cette rébellion ouverte de ma cousine contre sa mère m'effrayait. Je l'apercevais, de trois quarts, le bras gauche entourant la taille de Marie-Georgette, la tête fièrement relevée sous la couronne de ses cheveux que le vent avait éparpillés en auréole, le regard acéré défiant Mme de la Roche-en-Brenil.

« Celle-ci, toujours grave, surmontait à force de sang-froid la colère qui bouillonnait en elle.

« Les lèvres serrées, elle reprit, s'adressant à Reine :

« — Mademoiselle, voilà la deuxième fois que vous vous oubliez depuis vingt-quatre heures... Rentrez chez vous, sans un mot, sans aggraver votre faute... Ici, vis-à-vis de moi, l'insubordination saurait moins prévaloir encore que le manque d'affection... Allez, mademoiselle !

« Dominée par cet accent, domptée par la douleur qui s'exhalait de cette remontrance, Reine-Elisabeth baissa la tête et se retira lentement.

« Dans le corridor, elle me frôla sans s'en apercevoir. J'entendis qu'elle sanglotait.

« Le bruit de ses pas se perdit au loin.

« A présent qu'elle était seule avec Marie-Georgette, ma tante disait encore :

« — Vous comprenez, mademoiselle, qu'après ce dernier scandale votre présence est impossible à Montmeillien.

« Dès demain, M. Dorvilleux ne répondant pas à mon pressant appel, on vous reconduira à Montbron. »

« Toute saisie, Marie-Georgette balbutia :

« — A Montbron !...

« Puis, reprenant ses esprits :

« — Qui me reconduira, madame ?

« — Probablement M. Martial de Limagne et sa mère, ma sœur, qui arrive demain et qui ne me refusera pas ce service.

« A son tour, elle sortit. Moi, je n'eus le temps que de me défiler, pendant qu'elle fermait la porte et mettait la clef dans sa poche, dans la crainte d'une nouvelle incartade de sa fille.

« Ose donc encore prétendre qu'il fait triste dans les vieux castels de Bourgogne et que l'existence y manque de piment?

« A toi,

« JEAN. »

XVI

Monsieur Dorvilleux, à Montbron.

DÉPÊCHE

« Pourquoi pas encore venu? Nouvelle faute. Impossible vivre ainsi. Si venez pas chercher Marie-Georgette serai obligée prier ma sœur de vous la reconduire. Lettre explicative suit.

« J. DE LA ROCHE-EN-BRENIL. »

A monsieur Dorvilleux, à Montbron

DÉPÊCHE

« Avant prendre décision, attendez lettre que vous envoie par ce courrier.

« FERNAND. »

Madame de Limagne, 84, rue de l'Université.

DÉPÊCHE

« Viens sur-le-champ. Ai besoin de toi pour affaire de famille très délicate. Obligée de me séparer de Marie-Georgette. Reine révoltée. Suis désespoir. Tes fils vont bien. Compliments à ton mari.

« J. DE LA ROCHE-EN-BRENIL. »

XVII

A monsieur Dorvilleux, à Montbron.

« Monsieur,

« Je reçois votre lettre qui me demande des explications. Elle s'est croisée avec celle de ma mère qui vous y énumère tout au long et le crime de Marie-Georgette et la part que ma sœur y a prise.

« Je ne chercherai à excuser ni l'une ni l'autre. Une fille a toujours tort de tenir tête à sa mère, même lorsqu'elle a raison. Et Marie-Georgette a eu l'insigne imprudence de négliger d'éteindre en son commencement l'incendie qui s'était allumé à cause d'elle.

« Je dois cependant confesser, monsieur, pour rendre

hommage à la vérité, que votre pupille ne doit pas seule porter le poids de cette faute, qui a crevé brusquement sur la tranquillité de notre intimité. Je dois en revendiquer ma part.

« Si Marie-Georgette est frondeuse et tant soit peu taquine, il faut bien avouer que moi aussi j'ai le grave défaut de pousser les gens à bout. Or, en excitant Marie-Georgette, en la contredisant sans cesse, j'ai amené, bien certainement, le redoublement d'acrimonie entre nous et la malheureuse scène qui s'est terminée par la violence de votre pupille.

« Ainsi que je vous l'avais écrit, en vous suppliant de ne pas venir, je comptais avoir le temps de fléchir la colère de ma mère et me servir de ma sœur pour m'aider dans mon œuvre de pacification. Au contraire de mes prévisions, Reine-Elisabeth, perdant son sang-froid, pour la première fois de sa vie, s'est mise en tête de ne pas plier devant notre mère.

« Je ne vous rappellerai pas cette dernière scène, maman vous l'écrit nécessairement dans sa lettre, qui part en même temps que celle-ci.

« Elle est désastreuse, et me cause autant d'inquiétude pour ma sœur que pour Marie-Georgette.

« Ma mère ne se courrouce point facilement. Elle est l'exemple de l'empire sur soi-même par excellence. En ce moment, quelque effort qu'elle fasse, on sent qu'un terrible orage gronde en son cœur et qu'une immense affliction l'a envahie tout entière.

« Pauvre mère ! Elle si aimante, si affinée !

« Oh! monsieur, vous ne pouvez concevoir notre chagrin à tous...

« Je reviens à Marie-Georgette. Le sort de cette pauvre enfant que mes agaceries de mauvais goût ont surexcitée à un aussi haut point, m'inquiète à un degré que je ne saurais exprimer. Moi aussi, je me pose cette question, que ma sœur s'est posée et qu'elle n'a pas su résoudre froidement : Que va devenir Marie-Georgette ?

« Vous allez dire que je me répète. Hélas ! comment en serait-il différemment ? Quand je pense que c'est moi l'auteur de sa perte, oui bien, de sa perte. Car enfin, la porte de Mlle Servance, sa tante de Neuilly, lui est fermée; et vous, monsieur, il vous est bien difficile de conserver près de vous une jeune fille indépendante, qui a besoin d'un chaperon féminin.

« J'ai bien réfléchi, monsieur, dans les courts instants que cette succession d'événements précipités m'a laissés.

« Il faut à tout prix que ma mère pardonne à Marie-Georgette et à Reine-Elisabeth.

« Il faut que nous nous jetions tous aux pieds de ma mère et que nous lui prouvions : moi, que tous les torts sont de mon côté; ma sœur, qu'elle l'aime plus encore qu'auparavant, à cause même de la peine qu'elle lui a faite ; Marie-Georgette, que son mouvement était un simple mouvement d'emportement.

« A cause du dernier événement, nous n'avons plus la faculté de compter sur le loisir que votre retard à arriver nous aurait donné d'attendre qu'un peu d'apaisement se soit fait en l'esprit de ma mère. Elle m'a chargé de remettre ses dépêches au télégraphe. Une pour vous ; une pour ma tante de Limagne qui l'appelle en toute hâte, pour la charger de vous reconduire Marie-Georgette.

« En raison de la gravité des circonstances, je me permets, monsieur, de vous prier de prévenir ma mère que vous arrivez, en lui accusant un délai de quarante-huit heures. Ma mère ne pourra qu'attendre. D'ici là, ma tante survenant, j'aurai le temps de m'ouvrir à elle et de la prier de m'aider à rétablir la paix et à sauver Marie-Georgette.

« Vous voyez, monsieur, combien amèrement je fais mon *meâ culpâ*.

« Il n'est rien en comparaison du chagrin que je ressens et des reproches que je m'adresse. J'espère que vous me pardonnerez et que vous voudrez bien ne pas me maudire si je ne réussis à obtenir le pardon de ma mère.

« Croyez à mon dévouement et à mon désespoir.

« FERNAND DE LA ROCHE-EN-BRENIL. »

XVIII

*Monsieur Fernand de la Roche-en-Brenil,
à Montmeillien.*

« Comme vous m'en avez donné avis, monsieur, j'ai télégraphié à Mme de la Roche-en-Brenil que je serais à Montmeillien dimanche, en la priant de me répondre si elle m'accordait jusque-là, toujours en invoquant ma goutte. La comtesse a bien voulu me télégraphier oui. Vous le savez déjà, sans doute ?

« Cela m'a sensiblement accru l'espérance que vous avez fait luire à mes yeux. Espérance bien faible toutefois, car je n'ose espérer que Mme de la Roche-en-Brenil pardonne jamais, malgré l'excellence de son bon cœur. Le coup a été trop rude.

« Quant à vous, monsieur, je ne sais comment vous exprimer toute ma reconnaissance pour le dévouement avec lequel vous vous prodiguez pour tenter la réconciliation. Je vous en remercie, monsieur, en mon nom et en celui de ce pauvre cerveau détraqué par un incommensurable orgueil.

« Vous avez tout pris sur vous, généreusement, comme un grand cœur que vous êtes. Vous avez assumé la lourde responsabilité de la scène des échecs !

En faisant cela, monsieur, vous avez montré une grandeur d'âme sans pareille.

« Mme de la Roche-en-Brenil, qui m'a écrit les faits, m'a mis au courant. Marie-Georgette avait tort.

« Mais quoi ? Vous ne voulez pas voir cette malheureuse enfant, l'amie chère de votre sœur, se trouver à l'abandon. Vous la voulez chez vous entre Mlle Reine-Elisabeth et votre mère, doucement bercée par leur amitié, suggestionnée, ramenée par leurs exemples et leurs conseils.

« Merci ! Merci !

« Oh oui ! merci. Car vous avez raison. Célibataire, je ne puis conserver Marie-Georgette près de moi. C'est pour avoir manqué trop tôt de mère, c'est pour n'avoir point été guidée par la main sûre, délicate et subtile d'une femme à esprit large et mûri, qu'elle a cette indépendance tapageuse, irritante et provocante qui l'a menée, chez la tante Servance comme chez votre mère, à des éclats si désastreux. Et la seule femme que je connaisse qui soit en possession sinon de modifier, tout au moins d'adoucir la rugosité anguleuse du caractère de ma pupille, est précisément Mme de la Roche-en-Brenil.

« Aussi, monsieur, n'espéré-je plus qu'en vous,

« Encore une fois, merci, et croyez que vous m'avez conquis, par votre délicatesse, corps et âme.

« DORVILLEUX. »

« P.-S. — A dimanche. Tâchez de venir, sous prétexte de ma goutte, me chercher seul à la gare avec votre tilbury; de cette manière nous pourrons causer un peu. »

XIX

JOURNAL DE MARIE-GEORGETTE

Depuis que Reine-Elisabeth est venue me voir et que sa mère l'a renvoyée dans sa chambre, en l'humiliant profondément, je suis de plus en plus seule.

Ah! Mme de la Roche-en-Brenil est bien une noble, une aristocrate. Les enfants comptent peu pour elle. L'Aîné est tout. Comme dans la famille de Lomagne. Je me rappelle, quand j'étais petite, que mon père disait que ces gens-là n'avaient rien oublié, ni rien appris, qu'ils n'oublieraient rien et n'apprendraient jamais rien. Qu'il avait raison mon père, le colonel Labbé-Servance! Mme de la Roche-en-Brenil n'a d'yeux que pour son Fernand, pour l'homme, pour l'être qui portera le nom, qui l'illustrera...

Qui l'illustrera? Vraiment cette idée-là est risible
Fernand illustre! Mais, y aurait-il encore des châteaux
et des chaumières, des bandits pillards et de pauvres
serfs, qu'il tenterait en vain l'illustration. Un garçon
comme celui-là n'est point taillé pour l'armure; elle
serait trop lourde à ses épaules. Un complet lui sied
mieux.

Pourquoi non? S'il en était autrement, il se serait
fait soldat. Est-ce que la France n'a pas besoin plus
que jamais de gens de cœur? Est-ce que l'épaulette ne
confère pas la noblesse de nos jours, et n'augmente-t-elle
point celle que le hasard de la naissance peut avoir
donnée?...

Jeudi.

Ma prison ne s'ouvre point. Elle se resserre. Que de-
vient Queen-Bess?

J'ai surpris un fragment de conversation entre Julie
et Laurence, les femmes de chambre. Sûrement Queen-
Bess est malade... Malade?... Et je ne suis pas à son
chevet! Je ne la veille point! Je ne suis pas sa garde-
malade!

Mon Dieu! mon Dieu! inspirez-moi.

. . . .

. . . .

A Madame de la Roche-en-Brenil,
E. V.

« Madame,

« Vous avez jugé à propos de me confiner dans ma chambre jusqu'à l'arrivée de mon tuteur.

« Dans peu de jours, demain peut-être, j'aurai quitté le château.

« Reine-Elisabeth est malade. Je le sais. Très malade, je le sais. De grâce ! au nom de l'amitié que vous lui portez, permettez que je la voie, que je l'embrasse, que je la réconforte de quelques paroles d'amitié. Permettez que je m'installe près d'elle et que je lui serve de sœur de charité...

« Je vous en serai reconnaissante toute ma vie.

« MARIE-GEORGETTE. »

A Mademoiselle Labbé-Servance.

« Mademoiselle,

« Je vous sais gré, comme je le dois, de la proposition que vous me faites et de l'amitié que vous conservez pour Mlle de la Roche-en-Brenil ; mais, après ce qui s'est passé, toute réunion, tout contact entre vous et elle est désormais impossible.

« Agréez l'assurance, Mademoiselle, de ma considération distinguée.

« J. DE LA ROCHE-EN-BRENIL. »

JOURNAL DE MARIE-GEORGETTE

J'ai là, là, devant les yeux, la réponse de Mme de la Roche-en-Brenil.

Elle me refuse de voir Queen-Bess !

Oh ! la malheureuse, la misérable mère ! qui préfère son orgueil, son despotisme, à la santé de sa fille.

Oui, à la santé de sa fille. Queen-Bess est malade. Excessivement malade. Il est impossible de le nier.

En vain fait-on le silence autour de moi ! En vain prend-on des dispositions pour que je ne puisse faire un pas, sans que deux ou trois paires d'yeux soient braquées sur moi. Une liberté de séquestrée.

Je le voudrais, que je ne pourrais violer la consigne. Que je me dirige du côté de l'autre aile du château, où demeure Reine-Elisabeth, et je vois apparaître un valet de pied, ou le cocher, ou autre laquais quelconque. Pour passer, il faudrait me colleter avec la valetaille.

Misère !...

Et dire, qu'hier, j'ai entendu des cris partir de sa chambre à coucher !

Elle délirait...

Elle m'appelait...

XX

À Monsieur de Paleçon,
Substitut du Procureur de la République,
à Nice.

« Mon cher ami,

« Depuis que je t'ai écrit, nous sommes ici en deuil. Le démon dont je t'ai parlé, Marie-Georgette Labbé-Servance, aimable échantillon d'une éducation américaine, a commencé par des taquineries aussi peu spirituelles qu'on pouvait en attendre de ce *snob* femelle.

« Après s'en être prise à moi, voyant que ses facéties de mauvais goût n'avaient aucune prise sur mon caractère, — des facéties qu'aurait désavouées le dernier des saute-ruisseau, chez l'avoué... — Crois-tu, entre autres, qu'elle eut la témérité d'accrocher ma calotte à un hameçon suspendu à un ballon du Louvre, pendant ma somnolente digestion de l'après-dîner !...

« J'en ai ri naturellement.

« Bref !

5

« En présence de mon attitude et de celle de ma tante, il lui a fallu porter ailleurs ses idiotes fumisteries (passe-moi le mot, il est de mon frère).

« Elle s'est rabattue sur Fernand. Le pauvre garçon est devenu sa bête du Gévaudan. Elle le taquinait, l'excitait, le houspillait... Ah! mais, de la bonne façon !

« Quoiqu'il ne soit ni patient, ni un modèle de douceur, que la nature l'ait généreusement doué au point de vue de la réplique, qu'il lance d'un merveilleux coup de raquette, il n'a point réussi à mater cette fille effrontée.

« Du matin au soir, et plus particulièrement pendant la soirée, c'était des aguicheries dégénérant en querelles, et des querelles... des querelles comme on n'en rencontre point dans les bonnes maisons, où les filles sont élevées dans le respect de la famille et dans la réserve qui se doit entre elles et les jeunes gens.

« Quoi que tu en aies contre l'éducation ancienne, tu aurais été obligé de confesser qu'elle avait du bon, si tu avais été témoin des fureurs orestiennes de Marie-Georgette.

« N'a-t-elle pas mis le comble à l'audace, au mépris de la bienséance la plus élémentaire et des coutumes familiales, dans un de ces moments de transports aveugles auxquels elle se laisse aller comme à une chose naturelle, en lançant son échiquier avec les pièces à la tête de Fernand, qui lui démontrait avec fermeté qu'elle avait tort ?

« Cet éclat a eu des conséquences terribles.

« Outrée, cette fois pour de bon, contre Mlle Labbé-Servance, ma tante, dont les yeux s'étaient enfin dessillés, lui a intimé l'ordre de se rendre chez elle et de ne plus en sortir. Et, sur-le-champ, elle a prévenu M. Dorvilleux, le tuteur de la princesse Violente, de l'incident, en lui disant qu'il ait à venir la chercher, — un plus long séjour devenant impossible.

« Pendant vingt-quatre heures, le château est redevenu calme. On ne voyait point Marie-Georgette. Le retour à l'existence douce m'avait permis de rouvrir mes livres et de reprendre, avec Reine-Elisabeth, mes chers enseignements de droit, quand cette dernière, rompant en visière avec sa mère à cause du départ de son amie, mérita de se faire enfermer à son tour.

« La rébellion marchait grand train. Au lieu de se soumettre, Reine quitta furtivement sa chambre et alla retrouver Marie-Georgette. Par bonheur, Mme de la Roche-en-Brenil l'avait aperçue traversant le parc. Elle courut et pénétra chez Marie-Georgette, presque en même temps que Reine.

« Une scène épouvantable eut lieu, Reine, perdant la raison, osa résister à sa mère, en face. Ma tante la reconduisit chez elle et la mit sous clef. Ce dont je la félicitai le lendemain. Par ma foi ! je t'avoue que je commence à trouver un peu étrange l'intention de ma mère de me faire épouser ma cousine, — mariage futur qui est au fond la raison de notre voyage.

Que ferais-je d'une épouse qui, au lieu de modeler son caractère sur le mien, afin de faire coïncider nos pensées et nos actes, — dans le but d'élever nos enfants selon les lois de la raison, de leur donner une instruction forte, de diriger, à partir de leur première jeunesse, leurs pas vers des carrières libérales, de manière à ce qu'ils puissent s'entr'aider plus tard dans la vie et de former cet imbrisable faisceau de flèches que La Fontaine nous donne en exemple, — que ferais-je, dis-je, d'une épouse qui me tiendrait tête et n'aurait d'autre préoccupation que l'intégrité de sa personnalité et le désir de briller?

« Ce n'est point que je veuille me permettre d'oser attaquer le système de ma très honorée mère, mais je crois qu'il m'est permis, d'accord en cela avec mon père, de prétendre qu'en matière d'éducation, la meilleure est l'inflexibilité de principes. Si, en effet, il eût vécu, précisément en raison de cet axiome, Jean ne se serait point fourvoyé à l'Ecole des Beaux-Arts, en compagnie de peintraillons qui s'imaginent tous être des

Raphaël Sanzio, des Michel-Ange, ou tout au moins des Teniers ou des Porbus. Note que je ne dis pas cela pour abaisser les arts. Loin de moi cette pensée!...

« Je prétends seulement que les mœurs de cette fournée de ratés ne sont point pour pénétrer la famille qui doit rester, étendard sublime, cloué au grand mât. A moins d'un talent transcendant, frisant de très près le génie, l'homme n'a que faire des rêves troublants qui l'emportent par delà les sphères de l'Empyrée. La réalité adoucie par la bonne éducation, voilà ce qui importe.

« J'en veux une preuve éclatante dans Marie-Georgette. Si le caractère de cette mijaurée, qui se croit tout permis, avait été assoupli par la gymnastique du bon ton et la répression des écarts du naturel, nous n'aurions pas eu à déplorer cette succession de scènes.

« Pour ma part, je m'en suis entretenu très sérieusement avec ma tante. Elle m'a affirmé que Reine-Elisabeth est docile, ce dont je suis convaincu.

« Une seule chose me tracasse. C'est Fernand.

« Il est devenu sombre, morose.

« Je conçois que l'affront qu'il a reçu comme homme et comme chef de famille l'ait aigri. Cependant j'aimerais à lui voir un peu plus de vindicativité et moins de tristesse. Il erre à travers le parc comme un beau ténébreux, ce qui est loin d'être le propre d'un esprit élevé, ferme et pondéré.

« La donzelle ne vaut que mépris et point de chagrin.

« Enfin, elle ne sera bientôt plus là... Un bonheur ! car toutes ces secousses ont causé une indisposition à Reine.

« Nos bonnes soirées, bien recueillies, vont recommencer, et avec elles les conversations dignes de gens bien nés et instruits.

　　　　　　　　　　　　« A toi,

　　　　　　　　　　　　　« MARTIAL. »

XXI

JOURNAL DE MARIE-GEORGETTE (suite).

Il s'est fait ce matin, de grand matin, un bruit énorme dans la cour du château.

Etonnée, je me suis jetée à bas de mon lit et j'ai mis le nez à la fenêtre.

Il ne faisait pas encore jour.

A travers la brume que les clartés de l'aurore s'essayaient en vain à dissiper, j'ai reconnu madame de Lomagne, qui descendait de voiture. Son arrivée m'a tout émue.

Que vient-elle faire ?

Le froid m'a chassée de mon observatoire. Je me suis remise au lit. Et jusqu'à ce que je me sois relevée, je me suis creusé la tête pour deviner le motif qui l'amène.

Certainement c'est à cause de moi et de Queen-Bess. Queen-Bess!... Quand la verrai-je?

. . . .

. . . .

. . . .

Encore quelqu'un.

J'avais cru que c'était mon tuteur. Mais non, c'est un monsieur grave, aux cheveux d'argent flottant sous son chapeau ainsi que ceux de Monval. Je ne le connais point.

Il a pénétré au château presque mystérieusement, introduit par monseigneur de la Roche-en-Brenil... Si j'écris jamais un roman, je n'aurai que des noms dans le genre de celui-là, longs d'une aune, de manière à faire de la ligne !...

Puis, l'inconnu entré, le dauphin de la Roche-en-Brenil est monté en tilbury. Son cheval, fouaillé par lui a filé, comme un zèbre. Où a-t-il pu aller?.. Il n'avait même pas un groom avec lui.

XXII

*A Monsieur Emile Gariel, élève de l'Ecole des Beaux-Arts,
15, rue de l'Abbaye, Paris.*

« Je suis désolé, mon cher ami. Ma cousine est au plus mal. Fernand est dans un état à faire pitié.

« Je l'ai confessé. Il m'a avoué avec des sanglots qu'il était cause de tout le mal ; que sans son caractère autoritaire, sans l'amour de la taquinerie qui le possède ; sans le besoin de harceler les gens qui le tient, cette pauvre Marie-Georgette n'aurait pas été mise hors de la maison.

« Fernand n'est plus le gouailleur dont je t'ai fait le portrait. C'est un homme de cœur, qui pleure, parce qu'il croit avoir commis une mauvaise action.

« Il mériterait d'être artiste.

« Je dis « croit », parce qu'en réalité, le grand coupable ici, c'est Martial.

« Tout entier à ses idées saugrenues et surannées, il est revenu à l'existence depuis que Marie-Georgette est sous les verrous ; il a repris un cours de pédagogie morale dont il assomme tout le monde, et ne le quitte que pour commenter le Code.

« Par des mots échappés, des sous-entendus trop soulignés, son secret s'est évadé de sa cervelle. Je m'en doutais bien un peu ; mais je n'en étais pas certain. A l'heure qu'il est, c'est un fait acquis. C'est lui qui poussait Fernand à la guerre contre la pauvre petite, qui, dans l'intimité, représentait, à notre tante, l'orpheline comme un brandon de discorde, un être dépourvu de sens moral, à conscience infiniment oblitérée. Depuis que j'ai acquis cette belle découverte, je lui ai dit, carrément, mon opinion sur sa conduite. Il a trouvé cela très osé. Je l'ai envoyé faire lanlaire. Et depuis ce temps, nous ne nous parlons plus.

« Je m'en console en consolant Fernand, qui est bien le plus brave garçon que la terre ait porté, et en serait certainement le plus gai compaing, après toi et moi, si l'affaire de Marie-Georgette ne le désolait.

« Par surcroît Reine est malade. La pauvre mignonne est alitée depuis quelques jours. Hier elle s'est mise à délirer. Elle appelait Marie-Georgette à grands cris. J'étais au moment d'obtenir de ma tante qu'elle consentît à l'appeler près de Reine ; elle était prête à céder, d'autant plus qu'elle venait de recevoir une lettre de Mlle Labbé-Servance, si touchante qu'elle en avait les yeux mouillés de larmes, lorsque M. Martial de Lomagne est entré. Naturellement, ma tante l'a mis au courant. Alors, avec une gravité hypocrite, il a fait tant et si bien, qu'il a décidé ma tante à se refuser aux désirs de ces pauvres jeunes filles.

« J'étais outré. Pour ne pas devenir le Polynice de cet Étéocle, je suis sorti dans l'intention de voir Fernand. Mais Fernand, ne s'en rapportant à personne du soin de quérir le médecin, avait sellé un cheval et était parti ventre à terre chercher le docteur qui demeure à quatre lieues d'ici.

« Je suis donc resté seul, errant dans la solitude du parc, revenant sans cesse sous les fenêtres de ma cousine. Deux fois j'ai entrevu le visage furieux de M. Martial de Lomagne, nos regards se sont croisés, nets et acérés, comme des lames d'épée.

« Quoiqu'il soit l'aîné, quoique maman fasse tout ce qu'il veut, quoiqu'il puisse me porter les plus grands préjudices à tous égards, je me moque de lui. J'ai pour moi mon talent et l'avenir. Quant à maman, elle aime bien son Jean aussi et je compte sur son affection. Pour moi, c'est le bien le plus cher.

« Sans m'en douter, je viens d'achever la nuit à t'écrire. Un grand vacarme m'a fait lever le nez. A la lueur indécise du matin, j'ai regardé dans la cour.

« Maman descendait de voiture.

« Son arrivée m'a bouleversé... Je ne sais pourquoi, mais je présume que c'est un mauvais tour de M. Martial de Lomagne.

« Si je ne m'en mêle pas, il fera mourir Marie-Georgette, il fera mourir Reine-Elisabeth, il fera mourir Fernand...

« Mais, de par Dieu ! je ne lui en laisserai pas le temps.

« Ton vieux copain,

« JEAN. »

XXIII

Du même au même.

« Ma foi, la déconsidération de ton serviteur pour son aîné s'est considérablement accrue.

« Maman est accourue ici, appelée par une dépêche de ma tante. C'est mon bien-aimé frère qui a provoqué cet appel. Tout simplement pour faire partir Marie-Georgette sur-le-champ, sans attendre M. Dorvilleux, que la goutte cloue à Montbron, et aussi... tu ne devinerais jamais !... pour soumettre le cas d'indiscipline de Reine à un conseil de famille tout officieux et réclamer qu'elle aille passer les quelques mois qui lui restent avant son mariage, dans je ne sais quel couvent où la règle est d'une sévérité étonnante, et par punition et pour la pénétrer du maximum de l'obéisssance la plus rapide.

« C'est merveilleux à force d'être odieux.

« Tellement que je me demande si mon frère n'est pas fou.

« Par bonheur, j'ai en Fernand un auxiliaire qui ne se dément pas.

« Revenu au château entre l'heure de l'arrivée de maman et celle du médecin, qu'il n'avait pas trouvé, nous avons eu une conversation ensemble qu'il a complétée quelques heures plus tard.

« M. Dorvilleux n'était pas malade. C'est Fernand qui avait inventé la sciatique et les rhumatismes, pour gagner du temps et plaider près de sa mère la cause de Marie-Georgette.

« Pauvre garçon!

« Il me disait :

« — Dire que nous avons le même caractère! Dire que ces mille coups d'épingles venaient de ce que nous ne raisonnions pas! Et qu'il a fallu cette grosse, grosse affaire pour que je m'aperçoive que nous faisions fausse route tous deux.

« Et puis il a été en tilbury chercher à la gare M. Dorvilleux, qui ne pouvait plus et ne devait plus avoir la sciatique. Durant le trajet, Fernand a exposé un plan de campague. Il est simple. Il réussira.

« Comme il achevait de me mettre au courant, maman m'a fait demander. J'ai volé dans ses bras. Mais elle était très solennelle, maman, elle m'a arrêté d'un coup d'œil. J'ai compris qu'il y avait du Martial là-dessous. J'ai franchi le Rubicon, je l'ai enlacée et je l'ai embrassée à pleines lèvres, en fils qui n'a pas vu sa mère depuis un grand mois.

« L'effet a été foudroyant. Maman m'a rendu baiser pour baiser. Et nous nous sommes expliqués.

« Ç'a été d'un dur ! Martial a été arrangé aux cèpes bordelaises. Maman m'a donné raison.

« Je t'écrirai cette nuit, s'il y a du nouveau.

« Ton JEAN. »

XXIV

JOURNAL DE MARIE-GEORGETTE (Suite.)

J'en suis encore toute tremblante. Je me demande si je rêve ou si je suis éveillée.

Tout à l'heure, je suis descendue me promener dans le parc. La surveillance de ce côté étant un peu relâchée, par contraste sans doute, car du côté du château, notamment de la chambre de Queen-Bess, c'est un cordon de prétoriens chargés de m'éloigner.

Tout à coup, j'ai aperçu, au milieu d'une allée, un papier blanc, une lettre.

Vite, je l'ai ramassée.

Elle était adressée à mon tuteur par Fernand. Rageusement, je l'ai ouverte, je l'ai lue, la colère au cœur, m'attendant à lire contre moi quelque diatribe bien venimeuse, bien traîtresse, bien furieuse... Non.

Fernand s'accuse. Fernand prend mon péché à son compte. Fernand s'offre en holocauste.

Et moi qui lui en voulais. Mon Dieu ! mon Dieu ! quelle grande coupable suis-je !

Oh ! ce maudit caractère ! Cette atroce effervescence ! Elle m'a induite en médisance, en propos lâches contre cet ami qui ne voyait en moi qu'une petite jeune fille mal élevée, mais au cœur bon et sensible... elle m'a fait calomnier cette grande âme dont la pitié pour l'orpheline est immense, et dont l'affection pour sa sœur, ma Queen-Bess, est empreinte de la plus loyale, de la plus fervente fraternité.

. . . .

Je viens de réfléchir mûrement, très mûrement.

Je n'ai qu'une chose à faire ; m'aller jeter aux pieds de Mᵐᵉ de la Roche-en-Brenil, m'humilier, proclamer la vérité et demander pardon.

Oui, pardon ! quoi qu'il puisse m'en coûter.

Et puis m'en coûtera-t-il tant ?

N'est-il pas d'un grand caractère d'avouer ses fautes ? Mon père n'y aurait point failli !

Mais c'est épouvantable !...

Je me suis habillée pour me rendre auprès de Mme de la Roche-en-Brenil. Quand j'ai voulu sortir, ma porte était fermée à double tour.

J'ai appelé, crié, sonné... Personne n'est venu.

Personne !

Il y a certainement un mauvais génie qui s'attache à ma perte. Lorsque je suis au moment de commettre une folie, il me favorise. Dès que je veux expier une faute, un obstacle se dresse, insurmontable.

Ah ! Julie passe sous mes fenêtres.

Holà !

Je l'ai appelée. Elle m'a demandé ce que je voulais.

— Qu'on m'ouvre !

— Cela est défendu.

— Défendu ?

— Oui mademoiselle.

Je l'ai suppliée, lui répétant que je ne voulais sortir que pour me rendre chez Mme de la Roche-en-Brenil. Julie s'est retranchée derrière la consigne. Alors je me suis mise en colère.

— Et jusqu'à quand me gardera-t-on ainsi en prison ?

— Votre tuteur est arrivé, tout à l heure, mademoiselle. Il est au grand salon avec Mme la comtesse, Mme de Lomagne, M. de Lomagne et M. Fernand. Il est probable que c'est M. Dorvilleux lui-même qui viendra vous ouvrir.

Mon tuteur arrivé. Mon tuteur qui va venir m'ouvrir. Il va falloir que je parte d'ici, chassée honteusement sans voir personne, sans être admise à prendre congé, sans avoir proclamé que Fernand !...

Mon Dieu ! mon Dieu !... Que faire ?

Ah! la fenêtre... Je suis folle. Je suis au deuxième étage, je ne puis songer à sauter de cette hauteur ou à descendre à l'aide de mes draps.

Que faire? Que faire?

XXV

Monsieur Chatelain, à Montbron.

« Mon cher ami,

« Vous savez où nous en sommes, puisque avant de quitter Montbron, je vous ai communiqué les dernières lettres de notre pupille Marie-Georgette Labbé-Servance et aussi celles qui m'ont été adressées par ce brave jeune homme, Fernand de la Roche-en-Brenil.

« Ainsi qu'il avait été convenu entre lui et moi, M. de la Roche-en-Brenil m'attendait à la gare, en tilbury, sans le moindre groom. Au trot de son demi-sang qui nous emportait rapidement vers le château, il m'a raconté la navrante histoire de Marie-Georgette et s'est posé en défenseur de la pauvre enfant.

« Qu'il est malheureux, mon cher ami, d'avoir du cœur... quand l'organisation cérébrale est impondérée ! En réalité, Marie-Georgette n'est coupable que de pétulance. Seulement, son esprit railleur et narquois, son excès de franchise un peu brutale, son amour exagéré de l'indépendance, son impatience de cheval fougueux qui se manifeste par éclat à la moindre chatouille, lui font un tort considérable. Au lieu de la prendre pour ce qu'elle est, pour une bonne, franche et loyale nature, un peu trop en dehors comme celle de son père, tous ceux qui l'approchent et n'ont le loisir de l'examiner qu'à la surface la tiennent pour un être fantasque, mal élevée, dédaigneuse à plaisir du convenu et enthousiaste des mœurs ultra-libertaires, pour ne pas dire pis, de nos voisins d'outre-Atlantique.

« C'est l'avis de M. de la Roche-en-Brenil et celui de sa mère, m'affirme-t-il.

« Aussi espère-t-il beaucoup du projet, qu'il conserve secret d'ailleurs, même vis-à-vis de moi, qu'il va mettre à exécution tous à l'heure.

« Je crois cependant qu'il ne faut pas trop faire fonds d'espérance. A part M. de la Roche-en-Brenil, tout le monde est ici contre Marie-Georgette, d'autant plus qu'à la suite de tous ces événements, Mlle de la Roche-en-Brenil est tombée malade, gravement malade.

« Et cette maladie, dont Marie-Georgette est la cause

première, n'est certainement pas faite pour lui ramener les esprits aigris par ses inconséquences dont l'entassement a pris des proportions formidables.

« Ainsi que je vous le disais avant de partir, il ne va nous rester d'autre parti à prendre que de placer Marie-Georgette dans une maison religieuse, jusqu'à sa majorité. Encore pourra-t-elle y rester !

« Oh ! cette petite *Tête de fer*, que de chagrins elle me cause ! »

Ici, M. Dorvilleux laissa sa lettre inachevée, Julie venant l'appeler pour se rendre au salon.

XXV

A monsieur Emile Gariel, élève de l'Ecole des Beaux-Arts, 15, rue de l'Abbaye, Paris.

« Mon cher Gariel,

« Je ne t'écris pas, je raconte.

« Dans le salon grand, immense, percé de hautes fenêtres, entièrement meublé de meubles antiques et artistiques du XIVe siècle, où il semble que le temps se soit arrêté, tant il est demeuré féodal, sept fauteuils en vieux chêne avaient été approchés de la table de justice, près de laquelle siégeait jadis le haut baron de la Roche-en-Brenil, puissant seigneur possédant droit de haute et basse justice sur les quelques milliers d'hectares composant ses domaines.

« A deux heures précises, nous pénétrâmes tous les sept, en cette pièce, froide et glaciale de par sa grandeur même, émus de ce qui nous y amenait et aussi l'âme en suspens par cette mystérieuse appréhension qui surprend l'être au moment où l'on pénètre dans les vieilles cathédrales et dans les vieux manoirs où revit le cadavre du passé comme un vivant reproche.

« Dans leurs cadres de chêne sculpté, noircis et vernissés par l'âge, les portraits des anciens semblaient regarder avec étonnement ces modernes en redingote et en habit noir (Martial avait mis un habit noir, naturellement, afin d'être plus solennel), et ces dames en costume XIXe siècle, qui venaient, recueillies, prendre place autour de la table de justice, ainsi qu'eux-mêmes le faisaient jadis, dans les circonstances graves, nées de la guerre ou des dissensions intestines.

« Sous le demi-jour pâle d'hiver, glissant à travers les draperies en tapisserie de haute-lice, les cariatides gigantesques qui soutiennent la cheminée, paraissaient s'animer : on aurait dit qu'elles se parlaient, remémorant, elles aussi, les actes de famille dont elles avaient été témoins. »

« Lentement, très lentement, avec des gestes sobres,

tous s'assirent, comme pris, enveloppés, enlisés, par la majesté mortelle planant sur eux.

« Il y eut un grand silence que nul n'osait rompre.

« La sentence à rendre effrayait les juges.

« Tout à coup, Martial prit la parole. Son réquisitoire fut effrayant. Un avocat général, à sa proie attaché, ne se serait pas montré plus âpre à obtenir la tête d'un assassin ou d'un parricide.

« Je plains les coupables qu'il jugera. Ni les passions, ni les coups de folie des cerveaux détraqués ne trouveront grâce devant lui.

« Incapable de maîtriser sa colère contre lui, Fernand se leva et alla s'appuyer contre une des cariatides de la cheminée. Il craignait de se laisser emporter, d'arrêter Martial et de l'agoniser de sottises.

« De ma place, je le voyais se mordre les lèvres et se ronger les ongles.

« Au fur et à mesure que Martial parlait, il pâlissait davantage et sa colère s'accroissait.

« Je me tenais prêt à me précipiter entre eux... quoique au fond... dame! j'avoue que je n'aurais pas été fâché que l'aîné des Lomagne reçût une correction sérieuse en payement de son éloquence reptilienne.

« L'apologie de l'autorité poussée à ses dernières limites capta jusqu'à M. Dorvilleux par un mielleux et une énergie savamment combinés.

« Le brave homme qui, paraît-il, se croit un philoso-phe, finissait par opiner du bonnet par de petits hoche-ments de tête scandant chacune des périodes qui tombait ronflante et prud'hommesque des lèvres du président.

« Et Fernand qui m'avait assuré que le futur de Marie-Elisabeth était avec nous!

« Sa défection était navrante.

« Et sous la puissance onctueuse de la parole de Mar-tial, ma tante et ma mère se décidaient, ne trouvant rien à répondre à ses arguments implacables et logiques, au panégyrique de l'autorité de la famille, qu'il reprenait sans cesse.

« Enfin, il se tut et se rassit.

« Je sentis la partie perdue.

« A peine si M. Dorvilleux prit la parole pour excuser Marie-Georgette, pour expliquer son caractère. On sentait le malaise percer sous ses phrases embarrassées d'avocat qui excuse les torts excessifs de son client et l'affectation dont il avait été atteint par une série de manquements aux convenances très graves.

« Violemment ému, j'allais parler à mon tour, lorsque j'aperçus Fernand me faire signe du doigt de me taire.

« Je me contins. Ce qui permit à M. le président de résumer les débats, en une diatribe plus perfide et plus violente encore que la première.

« Comme il terminait, Fernand, sortant de la pénombre, s'avança avec lenteur près de la table. Sa pâleur avait augmenté, et une énergique décision se lisait sur son front.

« — Tout ce que vous a dit mon cousin Martial est vrai! prononça-t-il en martelant ses paroles. Marie-Georgette a été mal élevée, Marie-Georgette n'a peut-être pas tout le respect pour les aînés qu'il voudrait lui voir... Mais de là à la condamner, il y a un abîme.

« Martial fit un mouvement.

« — Je reprends la question où vous l'avez laissée, cousin, reprit Fernand avec sévérité... tout à l'heure j'examinerai la cause entière. Quelles sont les responsabilités?... Sans parti pris, soyez-en convaincu..., je ne demande la tête de personne, ce n'est ni dans mon esprit, ni dans ma profession.

« — Mais...

« — Précisément parce que Marie-Georgette n'a pas eu de mère, précisément parce qu'elle a été forcée de quitter sa tante Servance à cause de son caractère entier; précisément parce qu'elle n'a moralement d'autre famille... féminine que ma mère et ma sœur, notre devoir est l'oubli d'une incartade...

« — D'une incartade! interrompit Martial. Vous en parlez à votre aise.

« — J'en parle, repartit Fernand avec hauteur, en

homme qui, ayant subi l'offense, a le droit plus que tout autre d'en apprécier la portée.

« Et puis, ne voyez-vous point, ne sentez-vous point qu'une exclusion précipiterait celte pauvre enfant dans l'abîme?... Ne savez-vous point qu'elle pleure, qu'elle se lamente, qu'elle se désespère?...

« Ah! tenez, trop de mesures de rigueur ont déjà été prises contre elle, grâce à vous...

« — Et à elle-même ! ricana Martial.

« — Grâce à vous, répéta Fernand.

« — Prenez garde, fit Martial avec rudesse. En me visant vous atteignez Mme la comtesse de la Roche-en-Brenil, votre mère.

« — Non, car ma mère est la bonté même. Et c'est à un cœur que je m'adresse, à un cœur qui saigne... car au fond elle aime Marie-Georgette... n'est-ce pas, mère?

« — C'est vrai ! dit loyalement Mme de la Roche-en-Brenil.

« — Eh bien! poursuivit Fernand, puisque vous êtes disposée à admettre pour elle des circonstances atté-nuantes, rappelez-vous, chère mère, combien j'ai eu de torts vis-à-vis de cette pauvre enfant...

« — Non! s'écria Martial furieux. C'est trop fort!

« — Moi.

« — Vous allez voir, reprit Martial avec aigreur, que

ce sera lui qui lui aura lancé les échecs à la figure.

« — Moralement, oui...Oh! mère, j'en appelle à votre cœur!... Jean, je vous adjure de déclarer si je dis vrai!... ne suis-je point d'un naturel taquin? Vingt fois, cent fois, n'ai-je point aigri Marie-Georgette ?... Quand par pitié, par devoir hospitalier, j'aurais dû, au contraire, être doux et aimant pour la sœur que Reine m'avait donnée et tenir à honneur de l'aider dans sa tâche de faire passer les douleurs de l'orpheline...

« — Oh! s'écrièrent ensemble Mme de la Roche-en-Brenil et de Lomagne, Fernand, viens dans nos bras.

« Une larme me vint aux yeux, à la vue de Fernand embrassé avec ferveur par sa mère et la mienne, et un transport me saisit.

« — Vive Marie-Georgette! m'écriai-je.

« Martial me lança un regard aigu.

« — Alors, c'est décidé, dit-il en se levant, tous ici nous habiterons, on garde ici Mlle Labbé-Servance.

« — Oui, répondit Fernand.

« — Ce n'est pas à vous que se pose la question, c'est Mme la comtesse de Lomagne, ma mère, qui l'adresse par ma bouche à Mme la comtesse de la Roche-én-Brenil, ma tante.

« — Que signifie ce langage? riposta Mme de la Roche-en-Brenil irritée.

« — Il signifie, madame la comtesse, que fiancé de

Mlle de la Roche-en-Breuil, je ne saurais tolérer que Mlle Labbé-Servance soit l'amie et la compagne de celle qui doit être mon épouse. C'est votre avis, n'est-il pas vrai, ma mère ?

« Les yeux rivés sur Mme de Lomagne, il pesait sur elle de tout l'ascendant qu'il avait pris.

« — Quoi ! s'écria ma tante, tu...

« — Je... ! fit doucement Mme de Lomagne en baissant les yeux.

« Je me précipitai sur elle et je lui fermai la bouche d'un gros baiser.

« — Mère ! mère ! laisse-toi toucher... écoute ton fils... celui qui t'appelle maman et que tu nommes ton Jean... écoute-moi, écoute Fernand, écoute ton cœur...

« — En effet, la liaison de Marie-Georgette et de Reine-Elisabeth ne saurait être une raison de rupture, déclara Mme de Lomague.

« — Pour vous et pour Jean, ma mère, pas pour moi.

« — Vous avez raison, répliqua sèchement Mme de Lomagne. On ne saurait confier à un homme d'aussi peu de cœur que vous une jeune fille aussi sensible que Reine. Vous la tueriez.

« — Maman, dis-je, grâce pour lui !

« — Où est donc M. Fernand ?... demanda M. Dorvilleux.

« — Présent, répondit Fernand qui, un instant absent,

rentrait dans le salon en tenant Marie-Georgette par la main.

« — Viens m'embrasser! s'écria Mme de la Roche-en Brenil..

« La jeune fille, toute sanglotante, se précipita dans ses bras ouverts, murmurant :

« — Oh! madame !... Et Queen Bess?

« — Viens la voir, mignonne...

« Entraînée par Mme de la Roche-en-Brenil, vers la chambre de ma cousine, je l'entendis murmurer à l'oreille de ma tante :

« — Oui... oui... allons la voir... la guérir... et lui dire combien Fernand a été bon.

« Nous étions restés entre hommes.

« Quoi que j'en eusse, je tendis la main à Martial. Après tout, nous étions vainqueurs.

« — C'est jour de fête, faisons la paix.

« — Soit, répondit froidement Martial. Seulement j'en suis pour ce que j'ai dit. Pas de mariage.

« — Tu plaisantes.

« — Un Lomagne n'épouse pas l'amie d'une folle.

« — Allons donc !

« Ouf ! c'est fait. A bientôt un bulletin de la santé de Queen Bess qui réellement me cause les plus vives inquiétudes.   « Dulcissime rerum.

                                                   « JEAN. »

Du même au même.

« Cher Émile,

« Tu as dû trouver le temps long. Trois semaines sans t'écrire, sans répondre à l'empressement et aux sollicitations de tes lettres!

« Sois tranquille; nous allons le réparer, ce coquin de temps.

« Tout d'abord, mets ton habit noir dans ta valise, prends une voiture, saute dans le train et accours à Montmeillien.

« Fernand épouse Marie-Georgette. Reine-Élisabeth est guérie et nous nous marions ensemble.

« C'est toi que j'ai choisi pour second témoin.

« Je t'attends,

« JEAN. »

FIN

www.ingramcontent.com/pod-product-compliance
Lightning Source LLC
Chambersburg PA
CBHW051151260626
47170CB00005B/2051